# 炎の侯爵令嬢

火崎 勇



white heart

講談社X文庫

# 目次

イラストレーション／幸村佳苗

# 炎の侯爵令嬢

「それじゃ、行ってきます」

荷物を籠《かご》に詰め、ショールを被《かぶ》り、私は姉さんに声をかけた。

「いってらっしゃい。気を付けて、暗くなる前に帰ってくるのよ」

縫い物の手を止めず、姉さんが応《こた》える。

「ついでに、ダロじいさんに声をかけて、用事を聞いてあげなさい」

「はい」

家を出て、庭先にある小さな墓標にも声をかける。

「いってきます、母さん」

そして、街への小道を歩きだす。

静かなこの森の中で、つい三年前まで私と母さんとタニア姉さんの三人で暮らしていた。

母は、男爵家の娘だった。

領地を持たない貧乏男爵だった上、両親が馬車の事故で亡くなり、男爵家は叔父様が継ぐことになると、母は侯爵家に侍女として働きに出ることになった。

家を取られた、とは思わなかったらしい。

男爵と名は付けど、家は貧しかったので、金持ちの家に無理やり嫁がされるという可能性もあった。それに比べると、本当に働くことは楽しかった、と言っていた。

でも、その頃の話をすることはなかったので、働くことは母にとって楽しいものではなかったのかもしれない。

そこで父と出会ったが、結婚してすぐにその父も亡くなってしまった。

またも馬車の事故だった。

暴走した馬車に轢《ひ》かれたのだ。

失意の母は、仕事を辞め、馬車のないところに住みたいと、この森へ移ってきた。

森は、侯爵様の領地で、森の入り口には森番のダロじいさん夫婦が住んでいる。

この森は狩猟に使うには木々が多く、大きな獲物もいないので、老人であるダロじいさんでも充分に管理ができるのだそうだ。

私達が住む小さな家は、そのダロじいさんの家からさらに奥に入ったところにある。

昔は狩猟小屋として使われていたらしいが、森の木々が茂るに従って使われなくなってしまった。

元々狩猟が殆《ほとん》ど行われていなかったので狩猟小屋は小さいが、領主様の宿泊所として造られていたので、私達が住むには立派な家だと思う。

使わずに朽ちさせるよりはということなのか、そこを退職金代わりに母が譲り受けた。

母子三人がここで暮らしてゆけたのは、偏《ひとえ》にダロじいさんのお陰だと思う。

街育ちの母にいろんなことを教えてくれ、仕立ての仕事も紹介してくれた。

奥さんのハナさんも、私達に食べられるキノコや木の実の見分け方を教えてくれ、お料理も教えてくれた。

母が亡くなってからも、色々と世話を焼いてくれていたけれど、最近は年のせいで街へ出るのが億劫《おっくう》なんだと言っていた。

なので、私はダロじいさんの家へ寄って、お使いはないかと尋ねた。

「いつものように、ウサギの毛皮を持ってってくれるかい？　今日は三枚だ」

「いいわ。買い物は？」

「バターが買えれば一塊頼むよ」

「じゃ、帰りに寄るわね」

二人に別れを告げて、街への道を小一時間ほど進む。

ここは、とてもよい場所だった。

近くに貴族の保養地があり、偉い方が沢山お屋敷《やしき》を構えている。

そのお陰で治安がとてもよいのだ。

これも私達が女三人で暮らしていられた理由の一つだろう。

森が手付かずのままなのも保養地としての景観を維持する、という役目があるかららしい。そうでなければ、私達がこんなに静かには暮らせていなかったに違いない。

まずは、街外れにある毛皮屋に行き、預かってきた毛皮を売る。

「三枚か、今回は少ないな。じいさんももう年だな」

「最近は膝《ひざ》が痛むと言ってたから心配で」

「そうだなぁ、あんた達には実のじいさんみたいなもんだろうからな、大事にするように言ってくれ」

「はい」

もう顔馴染《かおなじ》みなので、短いやりとりだけでお使いは終わり。

次に向かうのは、仕立屋だ。

母さんが引き受けていた仕立ての下請けを、今は私と姉さんが引き受けているので。

「こんにちは」

裏口から声をかけ、扉を開ける。

「ああ、ちょうどよかったわ」

奥から出てきたミーナさんは、飛びつくように私の手を取った。

「悪いんだけど、すぐに手伝ってくれない？」

「え、でもこれからキノコを売りに……」

「どこへ売りに行くの？」

「銀の魚亭に」

「それなら後でもいいじゃない。あそこは夜にしか店を開けないんだから」

「それじゃ買い物だけ。お店が閉まってしまうので」

「何を買うの?」

「バターとチーズとソーセージです」

「それなら誰かに買いにやらせるわ。とにかく急ぎなのよ。伯爵家のお嬢様が、今日の夜会にどうしても新しいドレスを着ていきたいって」

貴族からの注文は、どんな無理難題でも断ることはできない。もし断れば、店を潰《つぶ》されてしまうことだってあるのだから。

「わかりました。それなら、夕方まででよろしければ。あと、こちらは頼まれていた物です」

預かっていた服を渡すと、ミーナさんはそれを広げて確認をした。

この時間が一番ドキドキする。

完璧《かんぺき》に仕上げたつもりだけれど、やり直しと言われたらお金が入らなくなって、今日の買い物ができなくなってしまう。

「ん、いいわ。相変わらずあなた達姉妹の仕事は丁寧《ていねい》ね。今日はタニアは家?」

「姉さんは先日預かったパーティ用のドレスを縫ってます」

「ああ、あれは刺繍《ししゅう》が大変だものね。納期までにできそう?」

「はい、必ず」

「あなたがそう言うなら信用するわ。さ、来て」

「はい」

彼女が貴族の仕事を断れないのと同じく、私も仕事を回してくれるミーナさんの頼みを断ることはできない。

ここから受ける仕事は、安定した現金収入なのだ。

私は籠を置くと、その上に被っていたショールを置いた。

「……金色の波打つ髪に深い緑の瞳《ひとみ》。あなたもタニアもそんなに美しいんだから、貴族の家で働いたら？　きっとすぐ見初《みそ》められると思うのに、もったいない」

「ミーナさん、それは……」

「わかってるわよ。私達の身分じゃ、手を付けられておしまいってことの方が多いものね。でもやっぱりその美貌《びぼう》はもったいないわ」

彼女は笑って私の手を取り、奥の部屋へ連れていった。

「みんな、アマリアが来てくれたわよ」

部屋の中では、店で働く女の子達が、必死にビーズの刺繍をしていて、ミーナさんの声にも顔を上げなかった。

「よかったわ。アマリア」

「こっちをお願い」

と声だけで迎えてくれた。

私も早速トルソーの着ているドレスの裾《すそ》にしゃがみこむ。

「この鳥をお願い。青のビーズでね。番号と下絵はそこにあるから」

「はい」

本当は、キノコを売って、買い物をしたらすぐに戻るつもりだったのだけれど、仕方がないわね。遅くなると姉さんが心配するかもしれないが、こういうことはよくあるので、察してくれるだろう。

私達の収入源は少ない。

母は、私達に街へ出るなと命じた。

私達が人目に触れることを、とても嫌がった。

なので、私達姉妹は限られた人々としか付き合いがない。

それは、ミーナさんが言った私達の容姿に起因する。

母は子供の私から見ても、とても美しい人だった。そのせいでいいこともあっただろうが、悪いこともあった。娘である私達に同じ思いをさせたくない、というのが母の願いだった。

なので、私も姉も、街へ出てくることは少なく、人付き合いも少ない。

歩く時には頭からショールを被るようにしている。

ミーナさんは、ずっとそれをもったいないと言ってくれていた。

彼女は母が男爵家の出であることは知らないが、貴族の侍女として働いていたので、私達にも相応の教育をしていたから、同じように侍女として働きに出ればと言い続けているのだ。

このお店を含めて、どこかに勤めることができれば、確かに暮らしは楽になるだろう。

でも私達はそれをしなかった。

母の遺言というのもあるが、街のわずらわしさより、森でのゆったりとした生活が好きだった。

朝、鳥の声で目覚め、キノコや木の実を採りに森の奥へ入り、時には魚も捕る。

季節によっては、花を摘んで売ったり、薬草を採って売ったりもした。

今暮らしている家も、私達には十分な広さがある。だが、もし街で暮らしたらベッドが一つだけの小さな部屋に家賃を払うことになるだろう。

それはきっと窮屈な生活に違いない。

金銭的な豊かさと生活の豊かさ。

私達は後者を取ったのだ。

午前中ずっと刺繍を手伝い、昼をみんなと食べて午後も刺繍。

買い物は、約束通りミーナさんが買っておいてくれた。

仕事は終わらず、私だけが一足先に帰ることになってしまったが、日が暮れると真っ暗になってしまうのだから仕方がない。

ミーナさんもそれをわかってくれていた。

今日の手間賃を貰《もら》ってから、籠を持って銀の魚亭へ向かう。

銀の魚亭は夜にお酒を出す店だ。

居酒屋が何軒か並ぶ賑《にぎ》やかな通りにある店で、いつもなら店が閉まっている日中に行くようにしていた。

だが、今日はもう開いている時間なので、表通りは飲みに来た客が多いだろうと、裏道を通ってゆく。

到着すると、思った通り客が入っていて、店からは騒ぐ男達の声が聞こえた。

やっぱり表から来なくてよかったわ。

「おばさん」

裏口から声をかけると、体格のよい女将《おかみ》さんがこちらを振り向いた。

カウンターのこちら側《がわ》、戸口に近い方にいてくれてよかった。

「アマリア。今日は遅いから来ないかと思ったよ」

「ごめんなさい。ミーナさんのところで手伝いを頼まれちゃって。これ」

籠の中から採ってきたキノコを取り出す。

「いつもありがとうよ。悪いんだけど、今度ハルの実を採ってこられるかい？」

「ハルの実はまだ早いわ。今年は冬が寒かったでしょう？　だから実がなるのが遅いみたい」

「あれで果実酒を漬けたいんだよ。何とかならないかい？」

女将さんにはお世話になっているし、少し奥まで行けば何とかなるかしら？

「わかりました。量は約束できないけど、探してみるわ」

「そうかい、頼んだよ。よそより早く漬ければ早く売りに出せるからね、期待してるよ」

女将さんは言いながらバンバンと私の背中を叩《たた》いた。

「何だ女将、若い娘を雇ったのか？」

店の客がこちらに気づき声をかける。

「この娘は違うよ。アマリア、早く行きな」

「はい。それじゃ、また」

私は顔を隠し、そそくさと店を出た。

酔客は苦手だわ。男の人というだけで苦手なのに、酔っている人はもっと苦手。声も大きいし、乱暴になるのだもの。

からまれないうちに早く離れよう。

けれど裏口を出たところで、表通りを歩いていた二人組の男がひょいとこちらを覗《のぞ》き込《こ》み、私に目を留めてしまった。

「お、女じゃん」

「何だ？　銀の魚亭は女雇ったのかぁ？」

体格のよい、職人風の男達は他の店で飲んできたのだろう、ふらふらとした足取りでこちらへ近づいてくる。

「なあなあ、一人かい？」

どうしよう。戻って女将さんに助けを求めるべきかしら？　それとも走って逃げるべきかしら？

迷っている間に、男達はすぐ側《そば》まできた。

「こんな時間にこんなとこ一人で歩いてるんだ、そっちの女なんだろう？」

「違います」

「そんなもん被ってないで、顔見せろよ」

男の一人が私のショールに手をかけ、引っ張った。

「あ」

押さえようとしたが、あっと言う間にショールを取られてしまう。

「へぇ……」

「こいつはべっぴんじゃねぇか」

「返してください」

二人からは、やはり強い酒の臭《にお》いがした。

「まあまあ、いいじゃねぇか。一緒に飲もうぜ」

「そうそう。何だったら、店じゃなくて宿でもいいぞ。朝まで相手してくれりゃ、たっぷりはずんでやるぞ」

「私はそういう仕事はしてません。返して」

「それじゃ、今日からそういう仕事をすりゃいいじゃねぇか」

にやにやと、下卑《げび》た笑いを浮かべながら男の手が伸びる。

サッと避《よ》けたが、その先にもう一人の男が回り込んだ。

「へへ、捕まえたぜ」

強い力で肩を摑《つか》まれる。

恐怖が身体《からだ》を包む。

「やめて、離して」

声が震えてしまう。

もっと大きな声を上げないと。

「こんな美人、離せるわけないだろ」

「誰か、助け……！　ンン……ッ」

助けを求めようとした口を、大きな手が塞《ふさ》ぐ。

「おっと、声を出すなよ。俺達が変なヤツと思われちゃうだろ」

どうしよう。

どうしよう。

怖くて涙が出そう。逃げたいのに、足が動かない。

たとえ動いたとしても、肩を掴む手からは逃れられない。

「ンン……ッ！」

それでも何とか声を上げたが、塞がれた口では言葉を紡ぐことができなかった。

「何をしている」

その時、別の男の声がした。

私のショールを取った男が壁になって姿は見えないけれど、誰かが気づいてくれた。

喜んだのも一瞬、私を捕らえている男達はその人物に視線を向けながら、にやにやと余裕の笑みを浮かべている。

「何だ？」

「向こうに行ってな兄ちゃん。怪我《けが》するぞ」

勝てる、と思っているのだ。自分達の方が優位だと。

「女性に乱暴をはたらいているように見えるが？」

「うるせぇな。商売女だよ、向こう行けって」

違うわ。

もしこの人がだめでも、誰か助けを呼んできてくれるかもしれない。

その願いを込めて、私は思いきり声を上げた。

「ンンーッ！」

言葉にはならなくても、いいえ、言葉にならないからこそ、おかしいと気づいて。

「黙ってろ」

男が私の頬《ほお》を叩く。

次の瞬間、目の前に立っていた男が「グッ」と声を上げて倒れた。

捕らえていた手が離れ、私は地面に座り込んだ。

ヒュッと風を切る音がして、頭の上を何かが通り過ぎる。

「がっ！」

そして背後の男が私の隣に倒れてきた。

呻《うめ》きながら、私に向かって手を伸ばす。

その手を剣が貫いた。

いいえ、突き立てられた剣は鞘《さや》に収まったままだ。

「商売の邪魔《じゃま》をしたか？　襲われてたのか？」

頭上から声が降る。

見上げると、黒髪の、青い瞳の男性が私を見下ろしていた。

「た……、助けてください……」

「わかった」

男性は、鞘に収めたままの剣で、倒れている男を小突いた。

「さて、どうする？　私には暴漢を斬り捨てる腕がある。だが酔っ払いのいき過ぎた行動を反省している人間を見逃してやる寛容さも持ち合わせている。どちらを選ぶ？」

「うう……っ、ちくしょう……」

「手向かうなら、次は抜くぞ」

「ま、待て……」

転がっている男と男性が話していると、先に倒された男がのそりと立ち上がって彼に襲いかかろうとした。

「危ない！」

という私の声よりも早く、彼は柄の部分で男の腹を突いた。

「ぐぁ」

「手向かうんだな？」

そして剣を抜いた。

手入れの行き届いた剣が、沈みかけた陽光を受けてきらりと光った。

「ま、待て。わかった。悪かった」

「では友人を連れて立ち去れ」

言われて、男達は転がるようにその場から逃げ去った。

……助かった。

「大丈夫か？」

「ありがとうございます。本当に……、ありがとうございました」

彼は落ちていたショールを拾い上げ、私に差し出してくれた。

黒い髪に黒いマント。

光を反射する青い瞳がとても美しい、思わず見惚《みほ》れてしまうような凛々《りり》しい騎士。

ショールを受け取り、立ち上がろうとしたが膝に力が入らなくてまたへたり込む。

「怪我をしたのか？」

「いいえ。足に力が……」

答えると、彼は拒む間もなく私を抱き上げた。

「お、おろしてください」

「立てないんだろう？」

「立てます、立てますから」

男の人に抱き上げられるなんて生まれて初めてのことで、恥ずかしくて顔が熱くなる。

彼は私の赤くなった顔を見て、そっと下ろしてくれた。

「悪気があったわけじゃないぞ」

「わかってます。でも、恥ずかしいので……」

「男に慣れていないようなのに、こんな時間にお前のような美しい娘が盛り場を一人でうろうろしているのは感心しないな」

「仕事をしていたので……」

「仕事？」

彼の言葉にとがめるような響きを感じ、慌てて言い直す。

「いかがわしい商売ではありません。そこの店にキノコを売りに来たのです」

「そこのって、酒場にか？」

「いつも店の開いていない、もっと早い時間に来るのですが、今日は他の仕立ての仕事を手伝っていて遅れてしまって……」

私ったら。

何を初対面の人に話してるのかしら。

でも、ちゃんと説明しないでいかがわしい仕事をしてると思われるのもシャクだし。

「でももう帰ります。仕事も終わりましたし」

「そうした方がいい。家まで送るから」

「え？　いいえ。それは……」

「初対面の私を警戒するのはいいことだ。だが、そのふらふらした足取りで、またさっきのような酔っ払いにからまれたらどうする？　家を知られるのが嫌だというなら、安全なところまで送ろう」

……どうしよう。確かにこの人の言う通り、もし今度襲われたら、逃げ切れないかもしれない。でも……。

「私が離れた途端、さっきの男達が戻ってこないとも限らないしな」

迷っていたが、その一言が決定打だった。

「それではお願いします」

「ではまず先にそこの店に行こう」

「え？　お店に入るのですか？」

「嫌なら戸口で待っていろ」

「……はい」

何をする気だろうと思って見ていると、彼は銀の魚亭の裏口から中に声をかけ、何か話をしていた。

戻ってくると、「使え」と私の頰に冷たいものを押し当てた。

叩かれたのだろう。少し赤く腫《は》れている。折角の綺麗《きれい》な顔だ、痕《あと》が残るのは嫌だろう」

押し当てられたのは、濡らされたハンカチだった。

「ありがとうございます。別に顔がどうなろうと気にしませんが、姉が心配するのでお借りします」

「顔はどうでもいいのか？」

「ついていればいいものですもの」

答えると、彼は笑った。

貴族の人はあまり喜怒哀楽《きどあいらく》を示さないものだと思っていたけれど、この人はとても素敵に笑うわ。

「女というのは、皆自分の美貌を鼻にかけてる者ばかりだと思っていた。変わった娘だ」

「貴族のご令嬢は美しく装うのもお仕事でしょうから、そうなるのは当然ですわ。でも、私のような者は人目を引く容姿でもいいことはありませんもの」

「さっきのようなこと、か。それでショールか」

私がショールを被ったのを見て、彼は言った。

手は届くけれど、身体は触れることのない距離で、二人並んで歩きだす。

表通りの方からは、賑やかな声が聞こえていた。

「表通りの方が安全だと思うが、あちらには酔っ払いが多いから、裏道を行くしかないんだな？」

「はい」

「だが裏通りには、さっきのようなアクシデントもあるぞ？」

「でも商売をしないと食べていけませんわ」

「どこかに勤めてはどうだ？」

「それはしたくありません」

「何故《なぜ》？　お前は立ち居振るまいも悪くないようだし、その容姿ならば商家ではなく貴族の屋敷でも働けるんじゃないか？」

「紹介者もいないのに？」

「ああ、そうか」

貴族の屋敷に勤めるためには、紹介状が必要だ。けれど人付き合いを拒んでいる私には、紹介状を書いてもらえるあてなどない。

働く気もないし。

「親に送り迎えをしてもらうことはできないのか？」

「両親はいません。家族は姉だけです」

「女二人で歩いていたら、余計危険だな」

私ったら、何を話してるのだろう。この人が話し易《やす》いからだわ。

好奇心や興味で訊《き》いているのではなく、本当に私を心配してくれているのがわかるから、ついつい口が軽くなってしまうのだ。

「売ってるのはキノコだと言ったな。それだけか？」

「それだけ、とは？」

まだ疑われているのかと思って問い返す。

「籠の中にはチーズなども見えるようだが」

ああ、そういう意味だったの。

「これは買って帰るものです。普段売っているのはキノコが多いですが、木の実や薬草なども扱うことがあります」

「そうか……」

彼は、ちょっと考えるように空を仰いだ。

「ところで、道はこれで合ってるのか？　このままだと街外れに出ると思うのだが」

「私は街には住んでいませんから」

「まさか隣街か？」

「いいえ。あの……、森に住んでおります」

「姉と二人で？　いや、お姉さんが何人かいるのか？」

「いいえ。姉と二人です。でも近くに森番のご夫婦が住んでますし、夜には真っ暗になる森に入ってこようとする者はいませんわ」

「夜には真っ暗になるなら、今からじゃ真っ暗ということだろう」

「私は慣れてますから」

「うむ……」

街外れまで並んで歩き、建物が途切れたところで私は足を止めた。

「ありがとうございました。もうここからは一人で大丈夫です。ハンカチも、ありがとうございました」

「ハンカチは持っていけ。まだ冷やしておいた方がいい」

「でもこんな高価なもの……」

「女性の顔よりは価値がないものだ。次にはいつ街へ来る？」

「え？」

「お前のような娘が盛り場をうろつくのはよくないことだが、生活のためには仕方のないことだというのもわかっている。だがやはり気になる。だから、今度お前が来る時に、もっといいところを紹介してやろう」

「どうして……」

「一度助けた女性だ、途中で放り出すのは気分が悪い。それで、いつ来る？」

「購入先を紹介してくださるのなら、キノコを採りに行かなくてはなりません」

「では明後日《あさって》以降だな」

「あの、でも……」

「それでは早いか？　なら三日後でどうだ？」

「あ、はい」

なに返事をしてるの。

「よし、では三日後にここで待ち合わせよう。何時ぐらいに来る？」

「私は時計を持っていないので、時間は……」

「それならこれを貸してやろう」

言いながら、彼は自分の服のポケットから懐中時計を取り出した。

「こんな高価なもの、お借りできません」

「三日後に会った時返してくれればいい」

「でも」

「お前の家は森の中にあるのだろう？　それがわかっていれば見つけだすのは簡単だ。返してくれなかったら取りに行ける」

「必ずお返しします！」

「それなら問題はないだろう？　三日後の午前十時にここで待つ」

「あなたの時計を借りてしまったら、あなたは時間がわからないのでは……？」

「予備がある。心配するな。それから、私の名前は『あなた』ではない。レオンだ」

「レオン様……」

「お前の名前を訊いても？」

この人はきっと裕福な貴族の子弟だろう。

多くの別荘の中のどこかに、遊びに来ているだけに違いない。

別荘の人達は、時が来れば帰ってゆく。すぐにいなくなってしまう人ならば、教えても構わないだろう。

「アマリアです」

いなくなってしまう人だと思うから、口が軽くなっていたのかも。

「ではアマリア。三日後に」

「はい」

私は深く頭を下げ、森へ向かった。

途中一度振り向くと、レオン様はまだそこにいて、私に向かって手を振ってくれた。

助けてくれた人だから、紳士だから、すぐにいなくなる人だから。

手を振ってもらった時、胸にじわりと広がった喜びが、彼に対して警戒心を抱かなかった理由がそんなものではないのだと気づかせた。

彼に心惹《ひ》かれたからだわ。

一目惚《ひとめぼ》れしてしまったのだわ。

けれど、その気持ちを育てる気にはなれなかった。

貴族の気まぐれで優しくされただけ。紳士だから親切にしてくれただけ。

森へ続く暗い道と同じように、先には何もないとわかっていたから……。


バターと毛皮の代金を渡すために寄ったダロじいさんの家では、腫れた顔を二人に心配されてしまった。

二人にはよそ見をしていて壁にぶつかっただけだと説明したが、戻った家では姉さんに全《すべ》てを話した。

「そう。それは大変だったわね」

姉さんも、以前似たようなことがあったので、私の話に暗い顔をした。

「今度ミーナさんに何か頼まれたら、先に納品に行きたいと言うことにしましょう。説明すれば彼女もわかってくれるはずよ」

「そのことなんだけど……。その助けてくれた人が他の納入先を紹介してくれるというの」

姉さんは、険しい顔で私を睨《にら》んだ。

「まさかそれを受けたわけじゃないわよね？」

「……ごめんなさい。でも、手当てしてくれたハンカチも返さなきゃいけないし、一度は会わないと」

「ハンカチを見せてみなさい」

「はい」

ハンカチはすぐ渡したが、懐中時計のことは言えなかった。

「木綿ね、絹じゃないなら、そう身分の高くない貴族でしょう。難癖《なんくせ》をつけられないように綺麗に洗って返しなさい」

「ええ」

とても素敵な人だったのよ。

ちょっと心が揺れてしまったわ、とも言えなかった。

そんなことを言ったら、もう会ってはいけないと言われるだろうから。

「食事が終わったら、刺繍を手伝って」

「はい」

初めて、姉さんに隠しごとをした。

後ろめたくて口が重たくなったが、顔が痛むと言ってごまかしてしまった。その嘘《うそ》でさらに気が重くなり、その夜は殆ど会話のないまま終わった。

翌日は、銀の魚亭の女将さんに頼まれたハルの実を採りに行くと言って、一人森の奥に入った。

まだ肌寒い朝の空気の中、キノコを採りながらさらに奥へ進む。

茂る樹木、キラキラ光る木漏れ日。姿の見えない小鳥の囀《さえず》りを聞きながら、私達がつけた獣道を奥へ。

森が私の世界。

冷たい空気と明るい日差しの中を歩いていると、昨夜のことが夢のよう。

もしポケットに残る懐中時計がなければ、夢だと思っただろう。

けれどポケットの中には、ずしりと重い懐中時計がある。

私は切り株に腰掛けて、それを取り出した。

カチカチと小さな音がする。

レオン、というのは本当の名前なのかしら？

彼の爵位はどのくらいなのかしら？　男爵？　子爵？　伯爵？　お供も付けずにあんなところを歩いているのだから、侯爵ではないだろう。

男爵なら……。

いいえ、彼がどんな爵位であっても、私には関係ないわね。

もう一度会って納入先を紹介したら、彼も満足して、もう会うことはないだろう。

私のことを美しいと言ってくれたけれど、明るいところで見たらそんなでもないと思うかもしれない。貴族ならば、宮廷などで美しい女性達を沢山見ているだろうし。

私より、姉さんの方が美しいと思うかも。姉さんは私と同じ金の髪に青い瞳だけれど、顔立ちがはっきりとしていて華やかだもの。

昨日だって、姉さんだったらもっと早くに大声を出したり、店に飛び込んで助けを求めたりできただろう。

私はおっとりしていると言えば聞こえはいいが、姉さんに比べると愚鈍だ。

姉さんには迷惑をかけてばかり。

もし私がいなければ、姉さんはあの美貌で玉《たま》の輿《こし》だって狙《ねら》えたかも。

そこまで考えて、私は首を振った。

それは考えてはいけないことだと母さんに言われていたじゃない。

そう『あの人』が結婚して子供が生まれるまで、私達はひっそりと生きていかなければならないのだ。

私は時計をポケットにしまって立ち上がった。

「さ、ハルの実を探さなきゃ」

次に会うのが最後。

会ったら終わり。

夢は膨らませないでおかなくちゃ。

傷つき、落胆するのは自分なのだから。


約束の日、私は籠いっぱいのキノコを持って家を出た。

女将さんに頼まれたハルの実は、摘むにはもう少しかかりそうだったので今日はなし。

その代わり、ベリー類が少し採れたので、それを入れておいた。

彼は……、いるかしら？

懐中時計なんて高価なものを預けたのだから、きっといるわ。そう思う反面、彼にとってはこの時計もさほど気に掛けるものではないのかもしれない。時計のことも私のことも忘れているかもしれないとも思う。

いなくても、がっかりしないようにしないと。

ダロじいさんの家の前を過ぎ、森の出口へ向かう。

先日彼と別れた場所まで来ると、そこに黒い人影があった。

来てくれた。それだけで、胸がドキドキする。

「アマリア」

彼が手を挙げて、私の名を呼んだ。

期待してはだめ。

夢を見てはだめ。

「レオン様。先日はお世話になりました」

彼は新しい懐中時計で時間を確認し、微笑《ほほえ》んだ。

「時間ぴったりだな」

「時計がありましたもの」

私は預かっていた時計を取りだし、彼に渡した。

「ありがとうございました。それとこれも……」

きちんと洗ったハンカチも。

「ん、何か香りがする」

受け取ったハンカチに顔を近づけ、彼が言った。

「あの……、洗う時にハーブのオイルを。お嫌だったでしょうか？」

「いや、いい香りだ」

「よかった」

「どれ、売り物を見せてくれ」

彼は私の持っていた籠を覗き込んだ。

「美味《うま》そうだな」

「キノコはお好きですか？」

「ああ。だが生では食べないな。こっちは味見していいか？」

私が答える前に、彼はベリーを一粒口に入れ……顔をしかめた。

「酸《す》っぱいぞ」

それが子供のようで、思わず笑ってしまう。

「これは酸っぱいものなのです。食べる時はお料理に入れたりハチミツで煮込むんです」

「……そうか。そのまま食べて甘いものではないのか」

「そういうのもありますが、今日のは違います」

もしも次があったら、今度持ってきてあげると言えるのに。

「今の季節にはないのか？」

「ありますが……」

「探すのが難しい？」

「いいえ。群生地があるので簡単です。まだ熟していないと思います」

「では今度熟したら採ってきてもらおうかな」

「え？」

驚きの声を上げると、彼も驚いた顔で私を見た。

「だめか？」

「あ、いいえ。それは構いませんが……」

「では楽しみにしよう。じゃ、行こうか」

また次がある。

確約されたわけではないのに、期待で胸がドキドキする。

「あの、どちらへ行くのですか？」

「知り合いの伯爵家だ」

「伯爵？　伯爵様なんて、私のような者から買ってくださるでしょうか？」

「そこの当主がキノコ好きなんだ。目がないと言っていたから、紹介しようと思った」

ああ、そうか。

私のためではなく、その伯爵のためだったのか。

「それにロッシュ伯爵のところなら、盛り場を通らずに行ける。お前も安心だろう」

……少しは私のことを考えてくれたのかもしれないけど。

私が人目を避けているのを察してか、彼は裏道を選んで進んでくれた。

いつもは行かない街の北側、立派なお屋敷が建ち並ぶ方へ向かってゆく。

「レオン様は、どうしてこんなに親切にしてくださるんですか？」

黙ったままでいることに耐えられず、私から話しかけた。

「さあ、どうしてかな。自分でもわからないが、アマリアが珍しかったからだろう」

「珍しい？」

「そんなに美しいのに、自分の美しさをひけらかそうとしない。貴族と見れば媚《こ》びを売る女達とも違う。金品や派手な生活にも興味がなさそうだ。そういう者にはあまり会ったことがなかった。それに私よりも物知りだ」

「私は無知ですわ」

「謙遜《けんそん》を知ってるのもいいな。だがお前は私より物知りだぞ。私は酸っぱいベリーがあるとは知らなかった」

「それはあなたが貴族だからですわ。レオン様の前に出されるのは、吟味されたものばかりなのでしょう」

「それでは困る」

「困る？」

「私はいろんなことを知りたいんだ」

変わった人だわ。でも厭味《いやみ》はない。

「たとえば、パン屋がパンを焼くのを見るのも面白い。エールの味が土地土地で違うのを知るのもいい。この辺りに別荘を持つ貴族達の暮らしぶりも知りたい。お前は何か知ってるか?」

「少しなら……」

「それじゃ、商売が終わったら、聞かせてくれ。礼は出す」

「話をするだけならお礼などいりませんわ」

「貰えるものは貰っておこうという考えはないのか」

「正当ではない報酬はいりません」

「変わってるな」

　変わっているのはあなただわ、と言いたかったが、失礼になるかと思って言わなかった。

「ああ、ここだ」

　飾りのついた鉄柵《てっさく》に囲まれたクリーム色の建物の前で、彼が足を止める。

「裏へ回ろう」

　と言って、鉄柵沿いに裏へ行くと、彼は私を振り向いた。

「私は一緒には行かない。だが話はついているから、こう言うんだ。『ダナン伯爵の紹介できた者です』と」

　ダナン伯爵。

　それがあなたの身分なのね。

「さ、行ってこい」

言われるまま、恐る恐る裏の門に近づく。

本当に平気かしら？　怒られたりしないかしら？

一度彼を振り向くと、レオン様はそこに立ったまま、頷《うなず》いた。

……いいわ。怒られたら怒られた時よ。

「すみません」

声をかけると、中から人の良さそうな年配の女性が出てきた。

「何だい？」

「あの……、ダナン伯爵様のご紹介で来た者ですが……」

「ああ、キノコを持ってきてくれる人だね。こんなに若いお嬢さんとは思わなかったよ。どれ、中に入って売り物を見せておくれ」

「はい」

門から中へ入るとすぐに厨房《ちゅうぼう》の入り口になっていた。

そこで籠の中身を見せると、その女性はひとつずつ吟味し、にっこりと笑った。

「いいね。これなら旦那《だんな》様も喜ばれるだろう。このベリーも売り物かい？」

「はい」

「それじゃこれも貰おうか。肉のソースにぴったりだ」

彼女が代金として渡してくれた額は、銀の魚亭よりも多かった。

「これでは多すぎます」

と言うと、彼女は笑った。

「あんまり安くは買えないんだよ。安物を食べさせたってことになるから」

なるほど、そういうこともあるのね。

貴族には見栄《みえ》のようなものがあるのだわ。

「もし気になるなら、これからは一番いいものだけを持ってきておくれ」

「これからも買ってくださるんですか？」

「ああ、旦那様はお身体を壊してこちらに静養にいらしてるから、長く逗留《とうりゅう》なさるんだ。今はお食事だけが楽しみだから、変わったものなんかがあったら持ってきておくれ」

「はい」

「他の者にも言っておくから、次に来た時も、あそこで声をかけてくれればいいよ。私はマリーって言うんだ。あんたは？」

「アマリアです」

「それじゃアマリア、また頼むよ」

「はい。ありがとうございます」

拍子抜けするほどすんなりと全てが終わった。マリーさんもとてもいい人で、以前貴族の家に売りに行った時に対応してくれた女性とは全然違う。

前の時には、見知らぬ人間から物が買えるわけがない。敷地に入るな。邪《よこしま》な下心があって来たのだろうと、さんざんな言われようだった。

だから、貴族の家には行かないようにしていたのだ。

でもこれはレオン様の紹介あってのことだろう。

私は戻ってくると、彼に成功を伝えた。

「ありがとうございます。高い値で買っていただけました。それであの……、こちらの伯爵様はどこがお悪いんでしょう？」

「ん？　何故だ？」

「お具合が悪くて静養にいらしたと聞いたので、何かお身体によいものを持ってこようかと」

「アマリアは優しいな。ロッシュ伯爵は老齢で、腰を痛めてる」

「それなら、薬湯用の薬草を持ってきますわ。高く買っていただいたお礼に」

「売るのじゃないのか？」

「他に売るより高く買っていただいたんです。貴族の方だから安い値段では買えないとおっしゃって。だからその分オマケとして渡そうかと。……それも受け取っていただけないでしょうか？」

「いや、喜ぶんじゃないか？　お前は薬草の知識も持っているのか？」

期待に満ちた目を向けられ、慌てて否定する。

「いいえ、ハーブティー程度です。あとはよく知られているものとか」

「よく知られてるもの？」

「腹痛にはロサの葉とか、傷薬用にへビイチゴとか」

「何故イチゴが傷薬に？　ああ、絞ってジュースにするのか」

「違います。お酒に漬けるんです。一ヵ月くらい漬けたら、そのお酒を傷に塗るんですわ」

「へえ。もっと聞きたいが、立ち話も何だな。私の宿に呼んでもいいが、どうやら警戒されそうだ。どこか二人でゆっくり話ができるところを知らないか？」

と言われても……。

どこかのお店に入ればいいのかもしれないけれど、お店の中ではショールをとらなくてはならない。人に見られないように密室に入るのも、ちょっと怖い。彼を信用はするけれど、やはり男の人だもの。

「あの……、外でもよろしいですか？」

「外？」

「戻った森の入り口のところに、旅人のための休息所があるんです。といっても、木のべンチが置いてあるだけですが。……やっぱり嫌ですよね？」

「いや、いい。そこへ行こう。私も人に見られるのは苦手だ」

「レオン様が凜々しいから、みんな見惚れるのですわ」

「褒め言葉だな。私もショールでも被るか？」

「その方が人目を引きましてよ」

彼がショールを被った姿を想像して、思わず笑ってしまう。

その途端、彼が真顔になった。

いけない、笑ったりして。怒らせてしまったかしら。

「笑った顔もいいな。とても自然で美しい」

「え……？」

「白状しておこう。アマリアに親切にするのは善意だけじゃなく、多少の下心もあるようだ。美しいお前ともう一度会いたかった、という。だがそれ以上のことは何も求めないとも誓おう。それと、話を聞きたいのも本当だ」

「正直なのですね」

「警戒されて逃げられるくらいなら、ちゃんと知っておいて距離を置かれる方がいい。ではその休息所へ行こうか」

「はい」

彼は下心があると言ったのに。たとえ外でも人気のないところで男の人と二人きりになるのは危ないと思うのに。

私は彼を休息所へと案内した。帰り道でもある森への入り口から、少し横にずれたところに、馬を繋《つな》ぐ木柵《もくさく》と古びた木のベンチの置かれた空間。

森へ入る人がいないから、もう長いこと使われていないのだけれど、ダロじいさんがずっと手入れをしているので綺麗に整っている。

片隅にある馬に飲ませるための湧《わ》き水《みず》も、まだ涸《か》れてはいない。

ただ、初夏へ向かう今の時期は、周囲の木々が茂って、ここにこんな場所があると気づく人はいないだろう。

置かれた粗末なベンチに、彼は戸惑うことなく腰を下ろした。

私は少し間を置いて座ったが、彼はそれについて不満を口にすることはなかった。

「さっきの薬湯の話を聞きたいな。他にどんなものがあるんだ?」

と訊かれたので、私は自分の知っていることを話した。

元々は、亡くなった母がそれを行っていた。ここで病が流行《はや》った時、人づてに街の医師から探して欲しい薬草があると頼まれたのだ。

それは解熱作用のある、ササイチマの葉だった。

この森は侯爵様の領地で、入るためには許可が必要。自由に中のものを採っていいのは、ダロじいさんと私達一家だけだった。

なので、ここに薬草があるかもしれないと思っても、街の人は採取にこれないのだ。

その時、医師は母に幾つかの薬草を教えてくれた。

「わたしの持っている知識は、母がその時に教えてもらったものだけです。後はハーブですね。ポプリやお茶にして、時々街で売ったりします」

「人に会うのが嫌なのに？」

「仕立ての仕事をしているので、そこのお店に持っていくんです。お針子さんは皆女の子だから、とても喜ばれます」

つまらない話だ。

特に大きな事件があるわけではない。特に大発見の知識があるわけでもない。

けれど彼は真剣に、私の話を聞いてくれていた。

下心、とは言っていたけれど、その眼差《まなざ》しには話題への興味しかなく、もしそんなことを考えていたとしても、単なるきっかけに過ぎなかったのだろう。

「私はもうアマリアの素顔を知っているのだから、ここではショールを外すといい」

と言われた時、素直に従ったのも彼に邪気を感じなかったからだ。

薬草の話が終わると、彼はこの土地の別荘の貴族のことを訊いてきた。

誰か有名な人はいるのか、この街で貴族と市民の衝突はないのか、と。

「有名な方はいらっしゃいますわ。フロリン子爵です。お酒がお好きで、いらっしゃるとワインを樽《たる》で買うのですって。マチアス伯爵の奥様がここでドレスを沢山作るのも有名です」

私が知っているのは、他愛のない噂《うわさ》話《ばなし》ばかり。

「お名前は存じませんが、幌《ほろ》のない馬車で街を散策なさる老婦人も有名ですわ。日傘をさしてらっしゃるので、日傘子爵夫人と呼ばれてました。だからどちらかの子爵のご夫人ではないかしら？」

それでも、彼は黙って聞いてくれていたし、彼が聞いていてくれるから私も話し続けた。

「侯爵とかの話はないのか？」

「侯爵様達の別荘は湖の向こう側で、私は行ったことがありません」

「この森はルエイ侯爵のものだと思ったが、会ったことはないのか？」

「ありません」

この時だけ、私は嘘をついた。

侯爵に会ったことがないのは本当だけれど、母さんがそこで侍女をしていたことを言わなかったのだ。

彼には、私達はダロじいさんと同じ森番だと思っておいて欲しかった。

彼が空腹を訴えるまで、私達はずっと話し続けた。

けれど太陽が頭の上を過ぎた頃、ついに彼が我慢しきれなくなったように、「腹が減ったな」と呟《つぶや》いた。

「もうお昼も過ぎてしまいましたものね。それでは、私はこれで……」

「帰るのか？　話してくれた礼に、食事を奢《おご》るぞ？」

「ありがとうございます。でも今日はあなたに会うと姉に伝えているので、帰りが遅いと心配すると思いますから」

「私と会うと心配？」

「優しい若い殿方、は女性にとっては心配事ですわ」

「なるほど。では、今度は私と会うと言わずに出てくるか？」

今度。

次の約束をくれるの？

「私に、姉に嘘をつけ、と？」

「……失敬。今のはなしだ。じゃ、気まぐれな貴族が、食事を奢るから街の話を聞きたいと言ってる、というのはどうだ？　ああ、あと甘いベリーを欲しがってるとも」

「……訊いてみます」

「明日？」

「甘いベリーが欲しいのでしょう？」

「それはまた後でもいい。アマリアの話に興味があるし、もっと会いたい。会う理由は沢山あった方がいい」

この先も、会ってくれるの？

ああ、でもそれは危険だわ。何度も会っていたら、もっと彼を好きになってしまうかもしれない。

けれど、私には拒めなかった。

「わかりました。でも仕事もありますから、明後日で」

ただ会って話をするだけだもの。それ以上を望まないなら、きっと平気よ。

「じゃあ、またこれを渡しておこう。明後日の十時にここで会おう」

彼は、あの懐中時計を私に差し出した。

「あげてもいいが、貸すことにする。貸してる間は、返すために会わないとならないからな」

悪戯《いたずら》っぽく笑う彼に、心が揺らぐ。

深くかかわってはいけないのに、私はその時計を受け取った。

「明後日の十時に……」

これを返せと言われるまでの間だけ、自分の心に素直になろう、と。

「もしかしたら、査察官なのかもしれないわね」

出会ってから、何度も、私はレオン様と会っていた。懐中時計のことも、いつかはわかってしまうだろうと思って話した。彼と何を話しているのかも。

そしてそのことを、姉さんには正直に話していた。

「査察官？」

「だって、貴族のことを訊いてくるんでしょう？　ここは貴族の別荘が多いわ。人は地元を離れると気が緩むもの、ここでのお金の使い方や生活をチェックしているのかもしれないわ」

「そうね。そうかもしれないわ」

「今のところ、何も要求されていないのね？」

「ええ。食事は御馳走《ごちそう》してもらったけれど、メリッサおばさんの店しか行かないわ」

メリッサおばさんの店とは、私達もよく行く食堂だ。

「貴族のこと以外は何を訊かれるの？」

「お店のこととか、ハーブのこととか」

「訊かれたけれど言わなかったわ。森に住んでいることと、姉さんと暮らしてることは言ってしまったけれど」

「それでここに押しかけてこないなら、まあいい方ね。もっとも、ダロじいさんが通しはしないでしょうけど」

姉さんは、レオン様のことについて厳しくは言わなかった。

私が彼に心を傾けていることには気づいているだろうに、そのことについても。

ただいつものように、近づいてくる人には気を付けるのよ、と繰り返すだけだった。

それに甘えて、私はもう何度もレオン様と会っていた。

私達の間には、何もない。ただいつも会って、話をして、別れるだけ。

けれどその時間が、私にとっては特別だった。

今の生活が嫌なわけではない。森の中で、姉さんと二人静かに暮らしているのは好きだ。

「私達のことは？」

けれど彼は……、大きな渡り鳥のような感じ。

遠くから来たのね、そして遠くへ渡ってゆくのね。

大きな翼が立派で、とても素敵よ。頭上を飛ぶ姿を見上げ、憧《あこが》れているだけ。

自分には翼がないから飛ぶことはできないのだとわかっている。そして渡り鳥はいつか遠くへ行ってしまうことも。

レオン様は、今まで出会った誰とも違う。

街の男達のように、ぶしつけで乱暴ではない。優柔不断に言葉を濁したり、こちらを探るようなこともしない。

何度か見かけた貴族達のように、自分が貴族であることをひけらかしたり、蔑《さげす》むような視線を向けることもない。

下心があると言ったけれど、その後私をそういう目で見たり、迫ってくることもない。

そしてあの容姿。

自分が容姿のことを言われるのは嫌なのに、彼の容姿のことを語るのは気が引けるけれど、やっぱり素敵な人は素敵だ。

黒く艶《つや》やかな髪は前髪が宝石のような青い瞳を隠すように少し長め。煩わしそうに掻《か》き上《あ》げた時露《あらわ》になるその顔は凜々しく、気品がある。

上品だけれど、すましたところはなく、余裕のある表情は美しい。

きっと、彼の住む世界では女性が放っておかないだろう。

礼儀正しく、それでいて窮屈ではない。

非の打ち所のない人、というのは彼のことを言うのだろう。

そのレオン様と会っていて、彼を好きになるなという方が無理だわ。

私は……、綺麗だとは言われる。

けれど、髪は伸ばしっぱなしだし、化粧もしたことはないし、所詮《しょせん》『街の美人』止まりだろう。姉さんにくらべれば伏し目がちで、地味だし。

……自分の美醜を気にしたことなどなかったのに、彼の目には少しでも美しく映りたいと思い始めている。

出掛ける前には、何度も髪に櫛《くし》を入れたり、化粧をしない代わりに唇を噛《か》んで赤みが増すように努力したり。

いつか離れてしまうのなら、思い出した時に少しでも綺麗な姿で思い出して欲しい。

一時でいい。

会って、親しく言葉を交わすだけでいい。

気に入られているだけでいい。それ以上は望まない。

姉さんの言うとおり、彼が査察官の仕事で来ているなら、その手伝いをして、役に立ったと思われたい。

ただそれだけを思っていた。

「いいわね、アマリア。浮かれてはだめよ」

と、姉さんに注意されるまでもなく、のめりこまないように注意しながら……。

その日も、レオン様に会うために、私は約束の場所へ向かっていた。

今日はお昼を御馳走になる約束だった。

日が暮れるまでには帰ってくるようにと姉さんに言われていたが、ということは日が暮れるまではレオン様と一緒にいられるということ。

もう話すことがなくなってきてしまったから、何を話そうかと考えながら歩く。

ダロじいさんの家の前を過ぎる時に、足を止めて髪を直す。

街へ出る時にはまだ被っていたけれど、もう彼と会う時にはショールは被らなかった。

休息所へ到着したが、彼の姿はまだなかった。

時計を出して確かめると、約束の時間よりすこし早かった。

ベンチに腰を下ろし彼を待つと、すぐにレオン様が姿を見せた。

「アマリア」

名前を呼んでもらえる、それだけで嬉《うれ》しい。

「遅れたか？」

「いいえ。今来たところですわ」

「それならよかった。今日は夕方まで一緒にいられるのだろう？」

「はい。姉さんにもそう言ってきました」

「それじゃ、ショールを被ってくれ。今日は街へ行こう」

「今から街へ、ですか？」

尻込《しりご》みすると、彼は笑った。

「そろそろ私もお前の信用を得たと思うので、私の宿の部屋に招待しようと思うんだがどうだろう？」

「あなたの宿？」

「ああ。狭い部屋じゃないし、扉に鍵《かぎ》はかけないと約束する」

どうしよう……。

「実は、明日から一週間、ここを離れなくてはならなくなったんだ。だからゆっくり話をしたいと思って」

「この街を離れるの？」

「ああ。だがまた戻ってくる」

いいえ。きっと戻ってこないわ。

ここを離れたら、私のことも忘れてしまうに決まっている。

「そうですね。お話をするくらいなら」

これが最後なら、宿の部屋へ行くぐらいいいわ。

まだ日は高いし、彼は紳士だもの。

「では行こう」

ショールを被り、立ち上がる。

レオン様とは、何度か街を歩いた。彼に街を案内するために。今日も、街へ入ると彼はいつものように裏通りを選んで歩いてくれた。

でも、こうして一緒に歩くのは、もう最後なのね。

彼の宿は、きっと高級な、私があまり足を踏み入れない一角にある貴族専用のホテルだろうと思っていた。

彼の部屋へ向かうことは決心したけれど、高級な宿に足を踏み入れるのは、気後れする。追い出されてしまうのではないか、と。

けれど、意外なことに彼が私を連れていったのは、まあまあ上等ではあるけれど、商人が泊まる普通の宿だった。

お陰で、私が人目を引くことなく中に入ることができた。

部屋は階段を上って一番奥の突き当たり。

「さあ、どうぞ。扉はお前が閉めるといい。鍵はかけないでいいから」

彼が先に中に入る。

普通の商人宿だけれど、部屋はその中でもよい部屋だろう。

大きな窓が一つ。広くて、椅子《いす》やテーブルまで備え付けられている。

そして大きなベッドも。

私の視線がそちらに向くと、彼はもうまとめてあった荷物を、ベッドの上へ置いた。

「これで使えない」

と笑って。

彼は椅子に座り、テーブルを挟んだ反対側の椅子を私に勧めた。

「今日は、何を話しましょうか？」

向かい合って座る距離。

「私の身勝手な話を、かな」

「身勝手な話？」

彼は椅子の背もたれに身体を預け、足を組んだ。

行儀は悪いが、それも気遣いかもしれない。襲ったりはしない、という。そんな格好で座っていたら、すぐには動けないもの。

「アマリアと、会えてよかった。ここでの滞在はとても楽しかった」

あ……。

終わりの話し方だわ。

「お前は美しく、勤勉で、誠実で、慎《つつ》ましやかだった。私の知っている女性とは違って」

「貴族のお嬢様とは違いますわ」

「ああ。そうだ。お前が貴族の娘ではないから、気安く話せていたのかもしれない。……と、最初は思っていた。だが、アマリアは貴族の娘にも引けを取らないほどの言葉遣い、所作を心得ている。もしかして、お前は貴族の娘ではないのか？」

私は苦笑した。

「いいえ。違います」

そして自分の手を見せた。

針仕事のせいで指先は硬くなり、森でキノコを採っているせいで短く黒くなった爪《つめ》を。

「こんな手をしている貴族の令嬢はいませんわ」

「……働く手だな」

「ええ」

「そうか。それでも、私はお前が好きだと思う」

「……レオン様」

一瞬、淡い光を見た。

でもそれは本当に一瞬だけのことだった。

「だが私には家があり、お前に愛を誓うことはできない」

わかっていた暗闇《くらやみ》。

だから苦しくはない。

「……でしょうね」

「だから、お前に訊きたいと思った。もう、会わない方がいいのか、それとも、これ以上のことはないとわかっていても、まだ会ってくれるのか」

どこまでも、公明正大な人。

貴族なら、私の気持ちなど無視して、自分の望みを叶《かな》えた後に捨て去ることもできる。そうされても、私にはそれを訴えることはできないのだもの。

なのに彼は正しく迎えることができないから、何もしないと言ってくれている。

一緒にいても、先がないのだと、わざわざ教えてくれるのだ。

「もう気づいてらっしゃるから、そんなことを言うのでしょう。私も、レオン様が好きです。けれど自分がどんな立場か、わかっています」

心は穏やかだった。穏やかにしているつもりだった。だって最初からわかっていたことだもの。

けれど喋《しゃべ》っている間に、涙がこぼれてしまった。

「アマリア」

「立ち上がらないで、そのままでいて」

私の涙を見て、腰を浮かせた彼を制止する。

「あなたの迷惑にはなりたくないから、このままでいいのです。レオン様がこのまま去るのなら、見送ります。またいらしてくださるのなら、今までと同じ時間を過ごしたい。恋人ではなく、友人のように」

「酷《ひど》い言い方だが、結婚を望まなければ、お前の手を取ることはできる」

「その言葉を口にしてくださるほどの気持ちがあるのだとわかっただけで、私は幸せです。でも、私は……」

何が起こるかわからない。

答えが出るその時まで、私は、『私達』は、じっと息を潜めていなければならないのだ。最悪のことが起こった時、彼に迷惑をかけるかもしれない。そう思うと、何も選ぶことはできない。

「もう二度と会わない方がいいのかもしれない」

彼はポツリと呟いた。

ええ、そうね。

きっとそれがいいのだわ。

「だが私はすぐにお前を忘れることができそうにない。一週間後、私はここへ、この部屋へ戻ってくる。もしお前がこのままでいいと言うのなら、ここを訪ねてきて欲しい」

私は預かっていた懐中時計をテーブルの上に置いた。

「アマリア」

「私も、考えます。ですがこれはお返しします。もしかしたら、もう会えないかもしれませんので」

「あげてもいい」

「いいえ。思い出すものは辛《つら》いだけです」

「辛いと思ってくれるのか？」

先ほど制止したのに、彼は席を立った。

そして座ったままの私を軽く抱いた。

顔が、彼の腹に埋まる。

「待っている。三日待って、お前が現れなかったら、二度とこの街には来ないことにしよう」

それが正しい答えだと思うのに、身体が震えた。

「キスをしても？」

「……だめ。忘れられなくなる」

「ならば余計にしたい」

「だめ……。苦しめないで……」

抱いていた手が離れたので、私は指で涙を拭《ぬぐ》った。

「今日はもう帰ります」

「アマリア」

「二度と会わないか、お友達になれるか。もう一度考えます」

どちらを選んでも辛いことはわかっていたけれど、それしか選ぶ道がないのなら、どちらかを選ぶしかないのだもの。

「離れ難くなる前に、先はないと教えるべきだと思ったが、もう遅かったな」

「ちょうどよかったのだと思います。私達の間には、まだ何もない。ただ楽しい時間を過ごしていただけですもの」

「その楽しい時間が、他の者では得られないだろうと自覚してしまった。……このまま、連れ去りたい気分だ」

「姉を一人にはできませんわ」

まだ傍らに立っている彼を押し戻して立ち上がる。

「一週間後だ。答えはその時に出そう。私も、時間を置いてもお前を忘れられないと思ったら、他の方法を考える」

時々思い出してくれるなら、綺麗な姿を覚えていて欲しい。

だから、私は微笑んだ。

「次の約束はしません。ではまた『いつか』……」

いつかという日は来ないものだとわかっていても、今はそうとしか言えなかった。

ショールを被って泣き顔を隠し、彼に背を向ける。

「アマリア」

もう一度私の名を呼んでくれた彼の声を耳に残して、私は宿の部屋を出た。

何も考えず、何も見ず、階段を下り、宿を出て、人通りを避けて真っすぐに森へ。

恋人になることなんて、考えていなかった。

それでも、心のどこかにそんな欲はあったのかもしれない。

レオン様が優しく笑うから、愛されてる夢を見ていたのかもしれない。

でも彼が『伯爵』なら、私は彼の手を取ることはできない。

森の中を泣きながら歩き、育ち過ぎた恋心を流してしまおうとした。

きっとお互いすぐに忘れるわ。私達はキス一つしていないのだもの。

最後のあれだって、抱き合ったわけじゃない。ただ彼が慰めてくれただけ。

何もない日々の中に、一筋の光が残った。何も思い出すことのできない人生よりも、彼のことを思い出し、幸福も悲しみも味わうことができる。

何もないよりはずっと幸せだわ。

レオン様には、このまま会わないでおこう。

もう一度会ってしまったら、自分がどうなってしまうかわからないもの。

私には、この静かな森がある。ここでずっと、穏やかに暮らしていければいい。

けれど……。

この森も、もう静かではなくなっていた。

たどり着いた我が家の前に、見たこともないような立派な馬車が停《と》まっている。

「おやめなさい！」

姉さんの声。

「私がその娘よ。それを認めるなら、あなた達はすぐに戻りなさい！　命令よ！」

その声に、私は身体を震わせた。

ついに、その時がきたのか、と……。


レオン様が去った一週間の間に、様々なことが起こった。

私も姉さんも、『そのこと』について、何度も話し合った。

けれど私達には最良と思える方法を考えつくことはできず、何とかその中でもマシな方法を口に出すだけで、そのどれもがお互いを怒らせるだけだった。

そして一週間後、私は姉さんに言った。

「今日は街へ行くけれど、遅くなるかもしれないわ」

「そのまま帰ってこなくたっていいのよ」

「私も一緒よ。絶対に」

家を出たのは、昼過ぎだった。

朝からずっと悩み続け、出るのが遅くなった。

街へ向かいながらもまだ悩み、森の出口の休息所で一旦《いったん》足を止めた。

ここで、レオン様と話をしているだけの、甘やかで幸福な時間を過ごしたのだわ。

でももう、あの時間は戻ってこない。

ベンチに座り、その頃のことを思い出してぼーっとしていると時間はすぐに経《た》ち、陽が傾き始めた。

時間が過ぎてゆくのが早い。まるで指の間から砂がこぼれてゆくように、止めることができないままサラサラと流れていってしまう。

もっと時間があっても、ことが起こってしまった以上、結果は決まっている。

ままならない自分の人生の中で、私自身が選べることは少ない。

選んでも、それが叶うとも限らない。

もう一度よく考えてから、私は腰を上げ、街へ向かった。

宿に着くと、受付のおじさんが私を呼び止めた。

「あんたは泊まり客じゃないだろう？」

「伯爵様に、届けるように言われたのです」

手に提げた籠の中に入っているいっぱいのベリーを見せる。

「二階の一番奥のお部屋です。背の高い、黒髪で青い瞳の……」

物売りにきたことを信じてくれたのかどうかはわからない。ただ訪れる先の相手のことを知っていると伝えたので、おじさんは頷いた。

「ああ。そうかい。さっき到着したよ」

戻って……、きてくれたのだわ。

私は軽く会釈をし、階段を上った。

ほんの一週間前、涙を浮かべて下りた階段を。

廊下の突き当たりの扉の前に立つ。

ノックしようかどうしようか、この期《ご》に及んでまた逡巡《しゅんじゅん》した時、中から声が響いた。

「誰だ」

レオン様の声。

けれどいつもと違って、鋭く低い声。

「……アマリアです」

名乗ると、すぐに扉は開いた。

「アマリア……」

喜びを浮かべて微笑んだ顔が、少し寂しげに変わる。

私に会えたことは喜んでくれるが、彼もまた、先のことを考えるとどうしたらいいのか悩んでいるのだろう。

「……入ってもよろしいですか？」

「もちろんだ」

身体を引いて、私を通してくれる。

大きな窓から差し込む残照が、床を朱《あか》く染めている。

「ベリーを持ってきたから、後で食べてください。甘いものを選《え》りすぐってきました。それから酸っぱい方で作ったジャムも」

「ありがとう」

宿のおじさんが言った通り、まだ到着したばかりなのだろう。彼の荷物は解かれておらず、部屋の隅に大きなカバンがあるだけだった。

彼はこの間と同じようにカバンでベッドを塞ごうとしたのか、それを取りに行った。けれどその前に、テーブルに籠を置いた私が、ベッドに座った。

「アマリア？」

気配で察して、彼が振り向く。

「私、この街を離れることになりました」

「離れる？」

「もう戻ってくることはないでしょう」

レオン様は戻ってきて、私の隣に距離を置いて座った。

「私の……、せいか？」

「いいえ、違います。でももう二度とお会いすることはないでしょう。ですから……最後にあなたに一つだけお願いがあるのです」

指先が震える。拳《こぶし》を握ってそれに耐えるが、声も震えてしまう。

「どうか……、一晩だけあなたに」

「アマリア」

「抱いて……、欲しいのです」

「私はお前と結婚はできない」

「わかっています。それでも、私は初めてをあなたに捧《ささ》げたい」

手が伸びて、私の手に重なった。

「こちらを向いてくれ」

顔を上げ、彼と視線を合わせる。

「自棄《やけ》になっているわけではないな？」

「一生懸命考えて出した答えです。……あなたと結ばれないことはわかっています。このまま別れるのが一番よい答えだというのもわかっています。だからこそ、自分が初めて愛した人に、初めてを捧げたい。その思い出があれば、これから先何があってもきっと生きてゆける」

言いながら、視界が滲《にじ》む。

でもまだ涙は零《こぼ》れなかった。

「この街から離れることはできないと言っていなかったか？」

「ええ」

「それなのに、ここを離れるのか？」

「……私には、どうにもならないことなのです。あなたにも、これは変えられない」

ここで初めて、涙は頰を伝った。

「だから、私が望めることは、愛する人に情けをいただきたいということだけなのです」

彼は何かを言いかけるように唇を開き、また閉じた。

目を閉じ、俯《うつむ》き、暫《しばら》く考えるように黙った後、顔を上げてまた私を見た。

「もう一度言う。お前と結婚はできない。子供を望むことも許されない。本当にそれでもいいんだな？」

「はい」

苦しそうな顔だった。

彼を苦しめているのは自分だとわかっていた。

けれど私が望めることは一つだけだから、生まれて初めてのこの願いを諦《あきら》められなかった。

レオン様の腕が私を抱き寄せる。

見つめ合ったまま顔が近づく。

私が目を閉じると、唇がそっと重なり「わかった」と呟いてもう一度重なる。

二度目は、ただ唇を重ねるだけでなく、彼の舌が私の唇をこじ開けて口の中に入ってきた。

熱く、柔らかい感触が口の中で蠢《うごめ》く。奇妙で生々しい、初めての感触。

自分も応《こた》えるように同じ動きを返すと、口の中で二人の舌が絡み合った。

いつしか、彼の腕は強く私を抱き締め、私も彼に強くしがみついていた。

「ドアに、鍵を掛けてくる」

「窓も……、鎧戸《よろいど》も閉めてください」

「ああ」

名残惜しそうに私から離れた彼が、扉の方へ行き鍵を掛ける音がする。

窓辺に行って窓の鎧戸を閉じると、部屋は一気に暗くなった。

「明かりを……」

「いいえ、明るくしないでください」

「だがじきに真っ暗になってしまう」

今はまだ、鎧板《よろいいた》の間から外の光がうっすら差し込んでいるが、外が暗くなればその光も消える。

「……恥ずかしいので」

「とはいえ、真っ暗では困る」

彼は枕元《まくらもと》に置かれていた就寝用のロウソクに火を点《つ》けた。

壁に掛けられた大きなランプならば、部屋の全てを照らすことができただろう。けれどロウソクの小さな明かりは、私と彼とを照らしながらも、部屋に影と闇を残した。

「これならいいか?」

「……はい」

戻ってきた彼が私の手を取って立たせ、掛け布団を捲《めく》る。

彼は今日到着したばかりなので、シーツはまだ使われていない洗濯糊《のり》の利いたものだった。

その上へ座らされ、彼がシャツを脱ぐ。逞《たくま》しい男の人の裸体が露になる。

男の人の裸を見るのは恥ずかしいけれど、よく見ておきたかった。もう二度と見ることはない人の姿だから。

上半身だけなら、今まで男の人の裸を見たことがないわけではない。ダロじいさんや、建築現場などで働く職人達の姿を見たことはある。

けれど、彼の身体はその人達とは違う。肌は日に焼けておらず白いのに、ひ弱な感じなどしない。むしろその白さが彫像のように美しく見せていた。

私が見ているのに気づくと、彼は微笑んでキスをくれた。

「男の身体が珍しいか?」

「あなたのは初めてですから、目に焼き付けておきたくて……」

「こんな身体でよかったら好きに見るといい。それで、お前のは見てもいいのか?」

言われて顔が赤くなる。

「……あまり見ないで」

「不公平だな」

「だって、綺麗じゃないもの」

「それを確かめよう」

彼が私を軽く押してベッドに横たわらせる。

今日は、一番いい服を着てきた。

淡いグリーンの前開きのドレスで、襟と袖《そで》に白いテープが縫い付けられている。

でも、仕事で仕立てた貴族のお嬢さん達のドレスには程遠い。下着も、きちんと洗濯したものを身につけていたけれど、レースやリボンもない、質素なものだ。

見下ろすように私を見つめるレオン様の手が、服のボタンを外した。

大きく開くことはせず開いた場所から手を差し込む。

「……んっ」

下着の上からとはいえ他人の手が胸に触れるのは初めて。

これから起こる何もかもが、初めてのことなのだわ。

他の誰にも同じことをされることはないことだろう。

服の中で、下着のボタンも外される。

「あ」

手はシャツタイプの緩いビスチェの中に入り、直《じか》に私の胸に触れ……、前を大きく開いた。

反射的に胸を隠すと、その手を取られて広げられる。

露になった胸に、彼が顔を埋める。

「あ……」

唇が、胸に触れた。

舌が、探るように胸の先へ向かい、そこを濡《ぬ》らす。

全身に痺《しび》れるような感覚が走り、何故かお腹《なか》の奥が熱くなった。

彼の両手は私の手首をつかんだままベッドに縫い留め、獣が餌《えさ》を貪《むさぼ》るようにわたしの胸を口で愛撫《あいぶ》する。

「あ……、や……」

猫がミルクを舐《な》めるような音がする。

執拗《しつよう》に同じところを舐められ、声が零れる。

「ん……っ」

次には先を吸われ、含んだ口の中で転がされる。

身体が、変わってゆくのがわかった。

触れられることにドキドキしているだけだった身体が、蕩《とろ》けるように熱くなってくる。

手首を捕らえていた手はそれぞれに動きだし、左の手は空いていた乳房を掴み、右手はスカートをたくしあげて中に滑り込んだ。

「あ……」

脚を這《は》って上り、下着にたどり着き、ドロワーズの紐《ひも》を解いてそれを剝《は》ぎ取《と》った。

自分からは見えないけれど、下腹部を隠すものがなくなったという感覚はあり、無防備で恥ずかしい。

その無防備な場所に、指が触れる。

「あ、や……っ」

そこには、何かがあった。

自分の身体なのに、自分でも知らなかったものが。

でも彼の指はそれを知っていて、ぐりぐりと弱く押してくる。

強ければ痛みがあったのかもしれないが、撫《な》でるような弱い力は、全身を弾《はじ》けさせるような痺れを生み出した。

「だめ……っ。あ……っ。そこ……、だめ……」

何とかやめてもらおうと彼の腕を掴んだが、どうにもならなかった。

「大丈夫だ。怖いことはない」

彼は顔を上げ、私を見た。

「……どうにかなってしまいそう……」

「なってもいい。私がいる」

安心させるような優しいキス。

その間も、指は私を責め続け、身体が火照ってくる。

たまった身体の熱を吐き出すように、何かが溢《あふ》れてゆく。

指がそれに気づいて、責める場所を変えた。

「あ……」

濡れている。

涙のように、零れて溢れてる。

感情が、感覚が、堪えきれなくなって流れ出るのは同じなのかも。

誰に聞いたというわけではなくとも、いつしか私達は知っている。女であるということが、男の人を受け入れるものなのだと。

その行為を大切に、崇高に話す人もいれば、汚らわしそうに話す人も、いやらしく話す人もいる。

私にとっては、きっと『記憶』になるだろう。

自分が愛されたいと思ったこと、愛した人に抱かれたいと思ったこと、愛されたこと。

これから先のことを考えると、きっと手に入らないであろうものを、この瞬間だけはちゃんと手にできたのだと、何度も思い出すことができる。

辛くても、悲しくても、理不尽だと思っても。

「ん……ッ」

指が待ちきれなくなって中に入ってくる。

「あ……は……っ」

入り口の柔らかな肉を弄《もてあそ》び、深く入り込んで中をかき回す。

「やぁ……っ、あ……ン」

乱れて身悶《みもだ》えながら、必死に彼の腕を掴む。

もう動きを止めるためではなく、自分が快楽の海に落ちないようにしがみついている。

突然、彼が手を止めた。

何か不備があったのかと、ドキリとする。

「全て見たい。脱がしていいな？」

前をすっかり開けられた服が、足元から引き抜かれる。

下穿きは既に外されていた。

さらにビスチェにも手がかかる。

「これは……、残しておいて……」

「もう用をなしていないよ？」

「それでも……恥ずかしいから……」

子供のおねだりを聞いたかのように、優しく笑う。

「その中に触れてもいいなら、許そう」

「もう触れてしまったのに……」

「まだ足りない」

体現するように手が膨らみの上に置かれる。

指の間からわざと小さな突起を出して、指の間で愛撫する。

「ぁ……」

「もっと、お前を啼《な》かせていたいが、私の方がもう限界だな」

手はすぐに離れ、彼は自分の残っていた服を全て脱ぎ捨てた。

ズボンも下着も。

私も、下半身は生まれたままの姿だった。

開かされた脚の間に座り直した彼が私の右脚を取り、自分の太腿《ふともも》の上に載せた。

そのせいで少し浮いた腰に、もう一方の脚の膝が差し込まれる。

「あ」

来る。

露の溢れた場所に、硬く熱いモノが押し付けられる。

「後悔はないな?」

「……はい」

「……お前を妻にはできないのに、お前の純潔と貞節を手に入れることに喜びを感じている自分は最低だな」

「もう……、そのことは言わないでください……。今、私を望んでくださるのならそれだけでいいのです……」

「アマリア。お前を愛している。この気持ちは真実だ」

当たっていたモノがグッと中に押し込まれる。

「あぁ……っ！」

強い圧迫感。

身体を貫いて彼が来る。

「あ……は……っ、あぁ……。んっ」

何度も突き上げて、無理やり私をこじ開けてゆく。

強引に押し入ってくるのに、受け入れてしまうと私の方が彼を手放したくないというように強く締め付ける。

「ふ……っ、う……っ」

手が伸びて、つながったまま彼が私を抱き締めた。

「……アマリア」

とぷん、と水に沈んでゆく。

何も聞こえない。

何も考えたくない。

激しい動きで互いを求め合っているのに、薄暗い部屋は深い水の底のよう。

互いの顔しか見えず、身体が感覚だけで存在を教えるのが、より『一つ』になっていると思わせた。

キスもした。
乱れた私の髪をかき分けて顔を見つけだし、咬《か》み付くように唇を求められる。
私も彼の黒い髪に手を差し入れて乱すように抱き締めた。
言葉がなくなり、部屋に響くのは私の喘《あえ》ぎ声と二人の荒い息遣いだけ。
突き上げてくるたび、身体がずりあがる。
頭がベッドヘッドに当たると、彼の手が抱えて護《まも》ってくれた。
そして……。
「あぁ……っ！」
私が全身を震わせて快感の絶頂に声を上げると、彼はずるりと私から離れた。
お腹の上に熱い雫《しずく》が撒《ま》かれる。
私は知っていた。
その雫を身の内で受けなければ子供はできないのだと。
彼が外に放ったのは、私とは子を生《な》すことができないという証《あかし》なのだ。
それでも、私を抱き締めてくれる腕に幸福を感じていた。
これで、この先何があっても大丈夫だわ、と思いながら。

疲れてぐったりとしている私をベッドに寝かせたまま、彼は服を着て部屋を出ていき、お湯の入った桶《おけ》とタオルを貰ってもどってきた。

無言のまま私の身体を拭い、悲しそうな顔をした。

それから、そのまま私の隣に横たわり、さっきとは違う優しい抱擁を与えてくれた。

「どうしてこの街を離れなければならないのか、訊いてもいいか？　私にはできることがないと言ったが、金銭的なことなら……」

「違うわ」

「これでも随分な金持ちだぞ」

子供が拗《す》ねたような口調で言うから、笑ってしまう。

「ルエイ侯爵を知っている？」

「ああ。この街も、お前の住んでいる森もその侯爵の領地だろう？」

「その侯爵のお屋敷に行くの……」

彼は驚いた声を上げた。

「ルエイの？　だが今侯爵家は……」

「跡取りのお孫さんが亡くなられたのよね？」

「……そうだ。息子夫婦に続いて孫息子まで亡くなった。まだ結婚もしていなかった。

残ったのは老ルエイ侯爵だけだ。まさかルエイがお前を？」

「侯爵様を呼び捨てはいけないわ」

私はそっと私を抱いてくれていた腕を解いた。

「我《わ》が儘《まま》を言っていいかしら？　お茶が飲みたいの」

「話をはぐらかすつもりか？」

「いいえ、話をするからよ。その……、喉《のど》がカラカラで」

喘ぎ続けた喉は渇いてイガイガしていた。

彼も意味に気づいたのだろう、私が顔を赤らめると彼も少し頬を染めた。

「すぐに貰ってこよう。甘いのは好きか？」

「ええ」

「では、ミルクと砂糖も貰ってくる。ついでに何か食べるものも。運動した後だからな」

照れ隠しのようにそう言って、再び彼が出ていく。

その間に、私は散らばった自分の服を拾い集めて身に付けた。

変な感じだわ。

まだ脚の間に彼がいるみたい。

短くなった枕元のロウソクを使って、壁の大きなランプに火を点けると、さっきまで水底のようだった場所は宿屋の部屋になった。

夢が終わって、現実に引き戻された感じ。

私がベッドを整えて椅子に座った時に、扉が開いて彼が戻ってきた。

「起きて平気か？」

「話をするのならこの方がいいもの」

「もう身支度を整えたのは残念だな」

持ってきたトレーをテーブルの上に置く。

トレーには紅茶のポットとカップ、ミルクと砂糖と、簡単にパンにハムとチーズを挟んだものが載っていた。

私がポットのお茶をカップに注ぐ前に、彼はパンを手にとって齧《かぶ》り付《つ》いた。

私は贅沢《ぜいたく》にミルクと砂糖をたっぷり入れてから紅茶に口をつけた。一杯目を一気に飲んでしまってから、二杯目を同じように作り、ほうっとため息をつく。

「それで？」

一息つくのを待っていてくれた彼が、待ちきれないというように訊く。

「私の母は、若い頃ルエイ侯爵のお屋敷で侍女をしていたの」

「侍女？　メイドではなく？」

メイドというのは雑務をこなす者、それに対して侍女とは身の回りのお世話をする者なので、身元がしっかりした者でなければなれないのだ。

「母は、男爵家の生まれだったのだけれど、両親が亡くなって、叔父様が家を継ぐからと働きに出たの。両親の知り合いから紹介状もいただけたので、侍女として入れたの。読み書きもできるし、貴族のマナーも知っていたので」

「なるほど」

「母はそこで父と出会って結婚して、姉と私が生まれたけれど、その父も亡くなったので仕事を辞めてここへ移ってきたの。侯爵の森に住めるのは、侯爵様が退職金の代わりに古い狩猟小屋に住むことを許可してくれたから。……と、子供の頃は教えられていたわ」

私は二杯目のカップに口をつけたが、一杯目のように一気に飲むことはしなかった。

唇だけを湿らせて話を続ける。

「でもそれは真実ではなかったの。母は、さっきあなたが言った老人の、ルエイ侯爵のお手付きになってしまったのよ」

彼の顔が少し歪《ゆが》む。

「子供を身ごもったので、お屋敷から追い出されたの。お前は侯爵家と関係はない、と言われて。でも、ルエイ侯爵家には問題があった」

ルエイ侯爵家は、国で一、二を争う裕福な貴族だった。

この賑やかな街も、貴族達の別荘が建つ湖も、あの森も、皆ルエイ侯爵領だ。

けれど、何十年か前、一族の殆どが流行病で亡くなった悲劇の家でもあった。

生き残ったのは、当時の当主だった今のルエイ侯爵一人。親族と呼べる者は、もう家系図をたどって繋がりを確認しなければわからない遠い縁者だけ。

でも彼はすぐに結婚し、男の子をもうけた。

跡取り息子は大きくなり、立派に成長し、結婚し、彼に孫を与えた。

これでもう安心だ。

そんな時、彼は傍らにいる侍女に手を出した。それが母だった。

母が妊娠したことがわかった時、今度は息子夫婦が亡くなった。

夫婦で狩りに行き、熊《くま》が現れ、驚いた馬が暴走し二人とも崖《がけ》から落ちたのだ。

残されたのは彼と彼の妻と孫息子だけ。

彼の妻は、侍女が身ごもっている子供が男だったら、大切な孫息子と爵位の継承のことで争うことになるのではないかと心配した。

そして身重の侍女に住む場所を与えて家から引き離した。

ただ追い出すだけにしなかったのは、子供が必要になることを考えてだ。

不幸な家だった。

もしもまだこの不幸が続いたら、孫息子が亡くなったら、跡継ぎがいなくなってしまう。その時には、たとえ外腹《ほかばら》であっても侯爵の血を継ぐ子供は必要だ。

だから、所在だけはわかるように、領地に住まわせていた。

一度も連絡も取らず、一度も生まれた子供の顔を見ることもなく。

望んで侯爵の相手をしたわけではない母は、傷心のまま子供を産んだ。

ここに移る時、彼女は侯爵家で一番の親友だったメイドと一緒だった。

そのメイドは結婚するからと仕事を辞めたのだが、結婚前に結婚相手が馬車に轢かれて亡くなってしまった。

そして彼女のお腹《なか》にも子供がいた。

だから、身寄りのないそのメイドと一緒に暮らし始めたのだが、産後の肥立ちが悪く、メイドは子供を残して亡くなった。

母はたった一人、自分の子供とメイドの子供を育てていたが、無理がたたって亡くなってしまった。

母は私達姉妹に、二人とも自分の子供だ。自分は結婚してすぐに夫を亡くしてここに移ってきたのだと話していた。

だが病が重くなり、死を覚悟した時、真実を教えてくれた。

「侯爵の娘が姉さんのタニア、私がメイドの娘なんです」

そこまでを一気に説明して、また喉が渇き、私は冷めてしまったお茶を飲んだ。

「レオン様がさっき言いかけたように、侯爵家は今、大変なことになっているでしょう。

私達は、真実を知ってからずっと、人目に触れぬよう、他人にこの事実を知られぬように生きてきました。侯爵様のお孫さんが結婚して子供が生まれれば私達は用済み、跡継ぎの血は繋がるのですもの。そうしたら、やっと自由になれる。そう思っていました」

「……だがそうはならなかった」

彼の言葉に私は目を伏せた。

「ええ……」

「ルエイ侯爵の孫息子が亡くなったから」

「そうです」

「多分、あの家の者は病弱なのだろう。ルエイ侯爵も今は病の床だ。そして孫息子のフレドは先月病で亡くなった。彼は、まだ結婚していなかった。ルエイ侯爵家がこの先どうなるのか、王城でも話題になっている」

彼も少しずつ、話の行き先が見えてきたのだろう。

もうパンにもお茶にも手は出さず、私の言葉に耳を傾けていた。

「跡継ぎのいなくなった侯爵家で、思い出されたのが侍女の子供です。あなたがここを離れると告げた日、私が家に戻ると、立派な馬車が家の前に停まっていました」

「侯爵家の迎えか」

「迎えというより、まずは確認にきたようです。家中を捜して、母が侯爵様からいただいた指輪を見つけました。そして姉は……、自分がその娘であることを認めたのです」

「だがそれはお前ではなく、姉なのだろう?」

「今までずっと一緒に育ったのです。離れることはできませんわ。それに、この事実を知っている人間を放ってはおけないから、一緒に来るように侯爵家からも言われました」

「今まで何の教育も受けさせず放置していたことを他人に知られたくないからか……」

「相手は侯爵家です。私に拒む権利はありません。三日後には、正式に侯爵家からの迎えが来ます。そうしたら私と姉はこの街を離れ、侯爵家へ向かいます。私が向こうでどのような扱いになるのかわかりません。私達は侯爵令嬢なんて望んだことはないのに」

自分の知らないところで、運命の輪が回る。

一生森の中で、キノコを採って、仕立てをして、静かに暮らしていたかったのに。

「私は……、何をどうしたらいいのかわかりません。ただ姉に付いていてゆくだけです。あなたが貴族であっても、ルエイ侯爵に逆らうことはできないでしょう。ですから、私達はここで終わりです」

「私は……」

彼は何か言いかけてやめた。

どうにもならない。

どうにもできない。私には彼の妻になれる身分がない。

もしも私が侯爵令嬢だったとしても、その時は侯爵家の跡継ぎとして家の決めた人と結婚しなければならない。

伯爵でしかない彼には、それを止めることはできない。

私も、いっぱい考えた。姉さんといっぱい話し合った。

でもよい答えなんて出なくて、結局は姉さんの決めた通りにするしかなかった。

「私、レオン様に愛されただけで幸福です。それだけで満足しています。どこにいても、愛された記憶が私を強くしてくれる。でもあなたは私のことを忘れてください」

「忘れる？」

「レオン様はいつかご結婚なさるでしょう？　その方のために、心は空けておかなくては。私のことなど覚えていては、その方がきっと苦しみますもの」

「アマリア」

彼は私の手を握った。

「どうかこのことは秘密に。でないとあなたに害が及ぶかもしれませんから……」

「もしも、姉君が侯爵家で幸せを手に入れたら、お前はどうするんだ？」

「……わかりません。今はまだ何も考えられません」

「お前は自由にすることはできないのか？」

「わかりません。でも、私は姉さんと一緒にいたい。たった一人の家族ですもの」

何もいらないのに。

私達は本当に何もいらないのに。

でもそれを拒むためには『いらない』と言いに行かなくてはならない。

だから結局は、侯爵家に行くしかないのだ。

「愛してくださって……、ありがとうございました」

声が震える。

「私、帰ります」

「帰る？　もう外は真っ暗だぞ」

「これ以上ここにいたら、別れ難くなってしまいますもの……」

私の手を握る彼の手から力が抜ける。

するりと手を抜いて立ち上がる。

「送る」

「でも……」

「送らせろ」

命令だった。

拒むことは許さないという響きだった。

マントを羽織り、剣を提げてから、彼が私の肩を抱こうとしたので、私は黙って首を振り、一歩離れた。

彼は口元を歪ませ、先に立って扉を開けた。

「来い」

まだ歩きづらかったので、ゆっくりと歩いて部屋を出る。

宿は、もう静かだった。

外へ出ると、彼の言葉通り空はもう真っ暗で、人影も少ない。

「裏を行こう」

誘われるまま裏通りに入り無言のまま、少し離れて歩く。

いつもは足早に歩く彼が、何度も立ち止まって私を振り向いてくれた。

今、何時なのかしら？

もう随分と遅い気もするし、まだそんなでもない気もする。

裏通りには、人影はなかった。でも、表通りの方からは人声が少し聞こえていたので、真夜中というほどではないのだろう。

森の入り口まで来たところで「もうここで」と言ったのだけれど、彼は聞き入れなかった。

「もう少し」

「森は暗いから、慣れない人は帰れなくなりますわ」

「お前を一人で帰すのは心配だ」

「私は慣れていますから」

彼は私をじっと見つめた。

「三日後か……」

ポツリと呟く彼の声が、夜の闇に溶ける。

「アマリア」

抱き締められ、またキスされる。

身を捩《よじ》って拒んだが、結局は口づけを受け入れてしまった。

長いキスが終わると、彼は無言のまま手を離し、自分から身を引いた。

私も、黙ったまま彼に背を向け、家に向かって歩きだした。

……さようなら。

さようなら。

心の中で、何度も繰り返した。

さようなら、愛する人。

さようなら、私の恋。

さようなら……。

遠くから、馬車が近づいてくる音が聞こえた。

私と姉さんは顔を見合わせ、互いに短いため息をついた。

「姉さん、やっぱり……」

「うるさいわね。あなたは黙ってらっしゃい」

私の言葉を遮り、二人で眺めていた手紙を封筒にしまい、ポケットに突っ込んだ。

「お茶の用意をしなさい。少し話をするから」

「話をしてくれるかしら？」

「するに決まってるでしょう。いいから、早くしなさい」

「……はい」

馬車の音はすぐに大きくなり、我が家の前で停まった。

暫く間を置いてノックの音が響く。

「どなた」

扉ごしに姉さんが声をかける。

「ルエイ侯爵家の使いでございます」

返事を聞いてから、姉さんはドアを開けた。

「ようこそ」

そこに立っていたのは、中年の紳士だった。

背後には黒い馬車が見える。

「おお、これはお美しい。タニア様ですな？　私はルエイ侯爵家の侍従で、バークリーと申します、どうぞよろしく」

彼は頭を下げ、握手を求めるように手を差し出したが、姉さんはそれを無視した。

「頼んだものは持ってきてくれた？」

「……はい。お着替えのドレスでしたね」

「下着も、ドレスも、靴も、アクセサリーもよ。侯爵令嬢として恥ずかしくないものを用意してくれたわよね？」

「もちろんでございます」

バークリーさんが合図をすると、戸口に控えていた男達が二人がかりで大きなカバンを運び入れた。

「妹の分も持ってきてくれたわね？」

「はい」

「いいわ。アマリア、着替えるから手伝ってちょうだい」

「はい」

呼ばれて私は用意していたお茶のセットをテーブルに置き、姉さんの下に駆け寄った。

「あの、皆さんどうぞお茶を飲んで休んでいてください」

「余計なことは言わないでいいのよ。さ、カバンはそっちの部屋へ入れて」

隣室を指さすと、男達は顔を見合わせてから奥へカバンを運ぶ。彼らが出てくると、今度は私と姉さんが部屋へ入った。

「すぐに支度はできないから、待ってなさい」

「は？　あ、はい。かしこまりました」

扉を閉じ、内鍵をかけてから着替えを始める。

カバンの中には、姉さんが要望したものが全て入っていた。

先日、確認の人間が来た時に、侯爵家に行くのなら相応の支度をして欲しいと、姉さんが言ったのだ。

みすぼらしい格好で侯爵家の門をくぐるのは嫌だ、と。

そして私を侍女として連れていくので、私の分のドレスも用意するように、と。

「私を先に着付けて。あなたはゆっくりでいいわ」

姉さんのために用意されたドレスは、本当に立派なものだった。

深い赤の地に金糸で刺繍がしてあり、胸元には大きなタフタのリボンがついている。下着も絹で、ふんだんにレースが使われたものだった。

一緒に入っていたドレスと同色のリボンを髪と一緒に編み込んであげると、金の髪によく映えて美しかった。

「いいわね。さっきみたいに余計なことは言わないようにしなさい」

そう言い置いて、姉さんが先に部屋を出る。

薄い扉の向こうで、バークリーさんが姉さんを絶賛する声が聞こえた。

「これは、先ほどにも増してお美しい。それでは馬車の方へ」

「まだ妹が出てきてないでしょう。それに、少し言っておくことがあるの」

「言っておくこと、でございますか？」

「そうよ。私はずっとここで育って、外に出たことがないの」

「はあ」

「だから、旅程はゆっくりなものにしてちょうだい」

「しかし、お屋敷では侯爵様がお待ちで……」

「今まで放っておいて、いきなりすぐ来いは身勝手でしょう。これから私の人生の全ては侯爵家が決めるのだとわかっているわ。だったら、屋敷へ着くまでくらい私の好きにさせてもいいのじゃなくて？」

「はあ……」

外の会話を聞きながら、私も服を着替えた。

私のは飾りの少ない青いドレス。

それでも普段自分が着ているものに比べると、とても上等なものだ。

下着は姉さんのものと同じだし、髪を結ぶ青いリボンもあった。着替えが終わると、私はそれで髪をぎゅっと結んで部屋を出た。

元々が狩猟小屋なので、この家は玄関がそのまま広い部屋になっている。恐らく、狩りを終えた人々が獲物を持ってドッと入ってくることを想定していたのだろう。

私達はここを居間として使い、大きなテーブルと椅子を並べていた。

そのテーブルで、姉さんとバークリーさんが話をしていた。

「私は別に侯爵家に行かなくてもいいのよ。でも行かないと侯爵様が困るだろうと思うから、渋々行ってあげるの。私の希望を叶えるのは当然のことじゃなくて？」

「しかし……」

「私の言うことを聞くべきか否かをあなたが悩むなら、一度戻って侯爵様に尋ねてきたら？　私は待っていてもいいわよ」

「それは……」

私は二人には近づかず、部屋の隅に立った。

その時、玄関のドアが再びノックされた。

「あなた、そこに立ってるなら開けてあげなさいよ。お仲間でしょう」

戸口の傍らに立っていた、カバンを持ってきた男の人に姉さんが命じる。

男の人は、一瞬ムッとしたが、同行者が入ってくるのだろうと、相手を確かめもせずにドアを開けた。

けれどそこに立っていたのは、予想外の人物だった。

「こちらはタニア・マーレ、アマリア・マーレの家か」

黒い髪に青い瞳、背の高い立派な礼服を着た男性。

レオン様だった。

「そうですが、あなたは？」

姉さんは、役人かと腰を浮かせた。

バークリーさんも、何事かと立ち上がる。

「では、ルエイ侯爵家の者はいるか？」

部外者がその名を出したことで、バークリーさんは戸惑いを見せた。

何故、どうしてレオン様がここへ来たの？

どうしてその名前を口にするの？

「……私がルエイ侯爵家の者ですが、何か？」

その疑問は、すぐに解けた。

「ルエイ侯爵家から、養女の申請があった。マーレ男爵家の娘との間にもうけた婚外子を引き取ると。相違ないか」

「は……、はい」

「ルエイ侯爵家は我が国に於《お》いて重要な家である。故に陛下はその人物と、その人物に対する侯爵家の対応について見届け人として私を同行させることに決めた」

「見届け人……。それはどういうことでしょう。タニア様は正統に侯爵様のお子様で……」

「私は命令を受けただけだ。お前達にその内容を話す必要はない。これが正式な指令書だ」

レオン様はリボンで綴《と》じた書類を取りだし、開いてバークリーさんに見せた。

思わず、その場にいた全員がその書面に目を向ける。

金の縁取りのあるその書面には、ルエイ侯爵の養子について、レオナール・ダナン伯爵に監査を命じるとあり、その下に国王陛下のお名前と王家の印が押されていた。

姉さんの想像した通り、レオン様は査察官、役人だったのだわ。

「あの……、ダナン伯爵様。具体的に私達は何をすればよろしいのでしょうか?」

「私に気を遣う必要はない。私はただ同行するだけだ。だが、引き取る娘に対して不当な扱いがあれば、注意はする」

「不当な扱いなど。私どもはお嬢様を大切に侯爵様にお届けする所存でございます」

「自分達の行いに不備がなければ怯《おび》えることはなかろう。粛々と己の仕事をまっとうする

が無理だろう。

とは言われても、王命を拝している役人、しかも伯爵様を前にしては怯えるなという方がいい」

「はい」

バークリーさんはレオン様を気にしながら、姉さんに向き直った。

「それでは、タニア様。お支度はよろしいでしょうか？」

「いいわ。アマリア、荷物を持ってきなさい」

「はい」

返事をすると、レオン様の目が私に向けられた。

「その娘は？」

彼は、私の名を呼ばなかった。

それどころか、初めて会うという対応をした。

「私の妹のアマリアですわ。私の侍女として連れていきます」

「ではお前がタニアか」

「はい、伯爵様」

姉さんには、レオン様と会っていることは伝えていた。

けれど、彼の名前や、私が彼を愛したことは伝えていなかった。

だから目の前にいるのが私を暴漢から救い、購入先を紹介し、ずっと会っていた人であるとは気づいていなかった。

私が用意していた小さな手提げカバンを二つ持って戻ると、姉さんの声が飛んだ。

「あなた達、召し使いなのでしょう。私の荷物を運ぶのが仕事ではないの？　か弱い女性に持たせるつもり？」

言われて、慌てて立っていた二人が私の手からカバンを受け取る。

「アマリアは私と一緒の馬車に乗せます。それでいいわね？」

「もちろんです。侍女は連れてこなくてもよいとのことでしたので、女性の同伴者がおりませんし」

「アマリア、いらっしゃい。今晩はラジルの街のホテルに泊まるわよ」

「は？　タニア様。ラジルは近過ぎるのでは。もう少し旅程を進めた方が……」

「あら、さっき私の望みを叶えると言ったのに、もう前言をひるがえすの？」

「そんなことは……」

「私を大切に扱ってくれるのでしょう？　その様子をお役人によく見ていただくといいわ」

自分を大切にしないと、そこの役人に何を言われるかわからないわよ、という脅しだ。

バークリーさんは、チラリとレオン様を見てから頷いた。

「かしこまりました。では本日はラジルの街に宿泊いたします」

「ああ、嬉しい。ラジルの街には立派なホテルがあると聞いていたの。いつか泊まってみたいと思っていたのよ。もちろん、最高のお部屋よね？　だって侯爵令嬢が泊まるのですもの。アマリアも私と同じ部屋で、私の身の回りのことをして頂戴」

「はい」

レオン様は、冷たい目で姉さんを見ていた。

それは、私が見たことのない役人の目なのだろう。

彼とは二度と会えないと思っていた。あの夜で、全てに別れを告げたつもりだった。

なのにこうしてもう一度会ってしまうことは、嬉しさよりも辛さの方が強かった。

まだ乾いていない傷口を抉《えぐ》られるように……。


侯爵様が、というか侯爵家がタニア姉さんをどれだけ必要としているのか、乗り込んだ馬車からもわかった。

表は黒塗りの、家紋もない質素な印象のものだったが、中は赤いベルベットが張られた、ふかふかの座席だった。

広さも十分あり、折り畳み式の小さなテーブルまで造り付けられている。

「素敵だわ。気を遣ってくださってるのね」

と私が言うと、姉さんは肩を竦《すく》めた。

「相手は侯爵家よ。これぐらい当然なのかもしれないわ。あなたはそうやっていい方に考えるからダメなのよ」

怒られてしまった。

姉さんが言ったラジルの街は、私達の住むところから宿場町二つしか離れていない街だ。

私の足で歩いても、恐らく朝出れば昼過ぎには着くだろう。先を急ぐ侯爵家の者にとっては、出たらすぐ休憩ぐらいの距離だ。

それでも、姉さんが『泊まりたい』と言い出すには無理のない場所だった。

私達の住む街は、貴族達の別荘地。

貴族達は静かな環境を望むので、賑やかなのは別荘で働く者やそこと商売をしている者達が住む地域だけ。

私が襲われた場所はその中でも下町で、レオン様が泊まっていた宿は商人街にある。

だが総じて、騒がしい場所ではなかった。

だが、ラジルの街は違う。

大きな交易ルートにある商売の街なのだ。

言ってしまえば、ラジルの街があるから、私達の街はさほど大きくなくてもいい。必要なものは全て、ラジルに買いに行けばいい。

私達が仕事を貰っていた仕立屋のミーナさんも、布地やレースなどの高級品は、注文があるとラジルに買いに出ていた。

姉さんが泊まりたいと言ったホテルの話は、そのミーナさんから聞いた。

「街の中央に石畳の広場があって、そこに噴水があるの。噴水を見下ろせるところにあるのがラジルレイスというホテルよ。まるで宮殿みたいに素晴らしいの。宮殿を見たことはないけれどね。でも、湖の向こうにある上位貴族の別荘ぐらいに素晴らしいのは確かよ」

白い、三階建ての建物で、広場の半分に面しているほど横に広い。

奥には宿泊客しか入れない美しい庭もあるらしい。

入り口には、それこそお城並みに警備の者が立っていて、泊まれるのは貴族か大商人だけ。

話を聞いた時には、姉さんと二人でため息をついたものだ。

泊まりたいとは言わないけれど、見てみたいわね、と。

でも私達は人目についてはいけないから、街を出ることはなく、ラジルに行ったことはなかった。

「見て、アマリア。あれがラジルレイスよ。レイスって人が造ったホテルなんですって」

私が窓の外を見た時には、馬車はもう石畳の広場をぐるりと回っていて、上の方までは見ることができなかったが、本当に素晴らしい建物だった。

入り口は数段の階段を上ったところにあり、扉の前には警備の者と、扉を開ける係の者と、それぞれ二人ずつが左右に控えているので四人の男性が立っている。

役割の違いは服装でわかった。

馬車が彼らの前に停まると、どこからかまた別の服装の者が出てきて、前の馬車に声をかけた。

「使いを出したルエイ侯爵家の者だ」

バークリーさんの声が聞こえると、迎えに出た者は「伺っております」と返した。

「後ろの馬車には大切なお嬢様が乗ってらっしゃる。非礼のないように」

「かしこまりました」

その会話を聞いて、姉さんは私を見た。

「『大切なお嬢様』ですって。まだ侯爵令嬢とは言わないのね」

「公式なお披露目をするまでは、秘密にしておきたいのじゃない？」

「それならそれでいいけど」

言ってる間に、バークリーさんと迎えの男の人が来て、馬車の扉を開けた。

「到着しましてございます」

「ありがとう」

姉さんが降りる時にはバークリーさんが手を貸したが、私は一人で降りた。

馬車の後ろでは、また別の人物が、レオン様から馬を預かっている。

彼はずっと、私達の後ろをついてきていた。

「バークリー、着替えも下ろして。明日は別のドレスを着るわ」

「あ、はい。おい、下ろしてお部屋にお届けしろ」

前の馬車には、バークリーさんと、従者が二人。それにそれぞれの馬車の御者が二人。

侯爵令嬢を迎えに来るには少ない人数だが、それもまだ姉さんの存在が秘密だというせいだろう。

ちなみに前の馬車に載っている荷物は全て、姉さんが要求したものだ。

案内に従って階段を上り、大きな扉の前に立つ。

左右からドアマンが扉を開ける。中に広がっていたのは、別世界だった。

私達の家がまるごと入ってしまいそうな広い空間。

受付の台は大理石で、担当の者が三人も立てる広さがある。

広い空間の奥には、左右に一つずつ、半円形の階段があり、二階はこの場所を眺められるように手摺《てす》り付きの通路になっていた。

テーブルや椅子も置かれていて、そこには身なりのよい男女が何人もくつろいでお茶を楽しんでいる。

「どうぞ。お部屋へご案内いたします」

また別の人が案内に立つ。

一体、何人の人がここで働いているのだろう。

レオン様は、黙って私達に付いてきていた。まるで一行の一員であるかのように。

彼も、困惑しているだろう。私と別れたと思ったのに、お仕事でまた会わなくてはならなくなってしまったのだから。

「急でしたので、眺めのよい部屋とは参りませんでしたが、お庭に出られるよい部屋でございます」

案内されたのは、部屋が幾つもある、美しいものだった。

「凄《すご》いわ……」

思わず声を漏らしてしまうほど。

入り口からの小さな空間を抜けると、すぐに広い居間に出る。

居間からは、ホテルの人が言ったように、美しい庭が見えた。

置かれているのは水色の生地を張った白い長椅子で、テーブルの上には白い百合《ゆり》が飾られている。

「こちらは侍女の方の控えの間です。同室になさるということでしたので。それからこちらは浴室となります。お荷物などはこちらの小部屋をお使いください」

たった一泊するだけなのに、どれだけ部屋があるのだか。

それに、浴室があるなんて。

「疲れたわ。夕食の前にお茶を運ばせて。お菓子もね」

「かしこまりました」

「ああ、夕食は部屋へ運んで。同じものを二人分よ。ねえ、バークリー、私はあまり外に出ない方がいいものね」

「……はい」

「それじゃ、明日の出発まで二人きりにして。アマリア、荷物を解いて部屋履きを出して。新しい靴は窮屈だもの」

「はい、姉さん」

「お役人の伯爵様も、どうぞご自分のお部屋でおくつろぎください。今のところ侯爵家は厚遇してくれるみたいですわ」

レオン様は、無表情のままだった。

「……そのようだな。では失礼しよう」

短く答え、部屋を出ていく。

それに従ってホテルの人も、侯爵家の人間も、皆、部屋を出ていった。

「どんなお菓子が届くかしら。楽しみだわ。こんな高級なところだもの、きっと見たこともないようなお菓子よ」

姉さんは長椅子に腰を下ろして靴を脱いだ。

「素敵、長椅子よ、座ったまま横になれるのよ」

「お行儀が悪いわよ。人が来たらどうするの？」

「バカね。こういうところは必ず部屋に入る前にノックするものよ。後で庭にも出てみましょう。もう二度と来ないかもしれないんだから」

姉さんのはしゃぐ姿が、私には痛々しかった。

本当に、侯爵令嬢になってしまうのかしら。

運ばれた荷物を開けると中には着替えのドレスや柔らかなタオルやシルクのショールや化粧道具が入っていた。

侯爵様は、自分の娘を大切に思っているのではないだろうか？

孫息子が亡くなって、家族と呼べるのはもう娘一人。侯爵という地位がなければ、ただのさみしい老人だもの。

でも、こんなふうに考えると、また姉さんに怒られてしまうわね。

白い羽根飾りの付いた室内履きを取り出し、姉さんのところへ持っていった。

「さあどうぞ、お嬢様」

芝居がかるほど、恭《うやうや》しく。


色とりどりの見たことのないお菓子と、よい香りのするお茶をいただいて、夕暮れの庭を少し散歩すると、もう夕食だった。

二人で食べるには多すぎる量の、豪華な夕食だ。

それが終わると、今度はお風呂《ふろ》をいただいた。

驚いたことに、ここのお風呂は蛇口を捻《ひね》るとお湯が出た。

「驚くことはないわ。どこかで大きなお湯を焚《た》く場所があって、そこからパイプでお湯を流してるのよ」

知ったかぶりで言ってる姉さん自身も、何度も蛇口を捻ってお湯を出したり止めたりしていた。

素敵なナイトドレスに身を包み、ふかふかのベッドで休んだ翌日は、部屋でおいしい朝食をいただいて、また美しく装う。

姉さんの新しいドレスは、淡いピンクだった。

髪には、朝食に添えられていたバラを飾った。

私は前日と同じ青いドレス。

着替えが終わって部屋でくつろいでいると、バークリーさん達がやってきて、そろそろ出発だと伝えた。

荷物はまとめてあったので、従者の人がそれを運び出して再び馬車へ。

ホテルの玄関には昨日と同じ馬車が待っていて、荷物を積み込む間に姉さんは昨日のお茶にいただいたお菓子が欲しいと言い出した。

バークリーさんは同じものではなかったけれど、手土産《てみやげ》用の焼き菓子を買ってきてくれた。

レオン様は……。

何も言わない。

少し離れたところで、私達一行を見つめているだけだった。

「嫌な感じ。私達のことをばかにしてるんでしょうね」

姉さんはそう言ったけれど、彼がそんな人ではないことはよくわかっていた。

レオン様は、身分で人を差別したりしないわ。とても優しい人なのよ。

彼との関係を口に出すことはできないから、何も言えないけれど。

「景色を見たいから、ゆっくり走らせて。私は二度とあの森の家へ帰ることはできないのでしょう？　それなら離れる道程の全て覚えておきたいわ」

「かしこまりました。本日は、昨日宿泊の予定でしたロッツの街での宿泊となりますので、昨日進んだ分だけゆとりがあります」

「そう、ちょうどよかったわね」

「然様《さよう》で」

バークリーさんは、静かに同意を示して自分の馬車に乗った。

私達も馬車に乗り込む。

「窓を開けて、アマリア。外の風を入れたいわ」

言いながら、姉さんが窓を開けた。

いい風が吹き抜けてゆく。

「ここからは、街の名前も知らない土地ね」

「ええ」

「侯爵の屋敷までどれだけかかるのかしら？」

「後で訊いてみましょうか？」

「どうせ御者が聞き耳を立ててるでしょう。そこから訊きなさいな」

姉さんは、御者台に続く小窓を示した。

私は進行方向と反対向きに座っていたので気づかなかったが、向かい側の姉さんはそれに気づいていたのだろう。

　小窓を開け、御者の背中に向かって声をかける。

「すみません、侯爵様のお屋敷までは何日かかるのでしょうか？」

「あと二日ですよ。本当なら、明日にはお屋敷だったんですがね」

「まあ、御者が私に厭味を言ったわ」

　彼の返事を聞いて、姉さんが声を上げた。

「そんなつもりじゃないと思うわ」

「そんなつもりがなかったら、『本当なら』なんて言わなければいいのよ」

　私は姉さんの言動に冷や冷やしながら、御者に礼を言って小窓を閉じた。

「あと二日ですって」

「今晩宿に泊まった後、もう一回どこかへ泊まるのね。……二日で足りるかしら。お屋敷に着いてからのことも考えないと」

「姉さん……」

　私が心配そうな目を向けると、姉さんはふいっと視線を逸《そ》らせた。

「あなたにはできないんだから、黙ってなさい」

　そう言ったまま、もう何も言わず、窓の外だけを見つめていた。

　私も何をするわけでもなく、窓の外を見る。

私は後ろが見えるように座っていたから、時折後をついてくるレオン様の馬が見えた。レオン様の姿も。

彼は途中で私から見えると気づいたのか、見え易い馬車の横に位置をずらした。

馬上の姿も、凜々しくて素敵だわ。前髪が風に靡《なび》いて、時折額が見える。

こうして離れて眺めているだけなら、絵画を見ているのと同じね。私達には、きっとこの距離が正しいのだわ。

手が届かない。

言葉も交わせないというのが。

馬車が街を離れると、途端に景色が変わる。家は少なくなり、田園風景が広がる。

ポツリと零した姉さんの言葉に、私も心の中で賛同した。

「木が少ないわ」

街には木はないけれど、家は木々に囲まれていた。木々が私達を嫌な者から隠して、守ってくれているようでもあった。

だんだんと少なくなってゆく木々は、まるで私達を守る者はもういないと言っているようだった。

ポツン、ポツンと背の高い木が植えられていたり、馬を休ませるためか、畑で働く者達の休息所なのか、原っぱのような場所に木陰をつくる木が植えられたりはしていたが、森も林も見かけなかった。

ここは街道だから、きっと整備されているのだろう。

でも何だか寂しい。

昼食のため、一度馬車を降り、ラジルのホテルよりは落ちるがこれもまた高級そうな宿でお食事をいただいた。

「使用人と同じテーブルは嫌よ。アマリアは侍女だから許すけれど」

「もちろんテーブルは別です」

ここで、食事をする時、バークリーさんは姉さんのことをじっと見ていた。主に手元を。

「タニア様は食事のマナーも完璧ですな」

昨日の夜も今朝も部屋で食事をしたから、気になっていたのだろう。

「マナーは母に習いました。子供の頃から行儀作法はよくしつけられていたつもりです。山猿の田舎娘ではなくてよ」

「とんでもない、そのようなことは。ドレス捌《さば》きもお上手ですし」

「ダンスも踊れるわよ」

「お母様は、タニア様を完璧なレディとしてお育てになったのですな」

バークリーさんの賛辞に、姉さんはちょっと考えてから首を振った。

「恥をかかない程度よ。完璧じゃないわ。でも母が素晴らしい人だったことは確かね」

それから私の方を見てこう言った。

「アマリアも、今日は静かに食べているじゃない。いつもはカチャカチャうるさいのに。少しはマナーを覚えてきた？」

「……ええ、少し」

食べ方を注意され、思わず俯く。

わざわざ言わなくてもいいのに。

「それはよかったわ。母さんも教えた甲斐《かい》があるわ」

ここでも、レオン様は黙ったままじっとこちらを見ていた。

彼は、私の食事のマナーが足りないと言われたことを、どう思っているかしら。

そのことについて口を挟むことはしないけれど、きっと思うところがあるだろう。

食事を終えると再び馬車に乗る。

走りだして暫くすると、姉さんが騒ぎだした。

「御者。停めて」

席を立ち上がり、小窓を開けてもう一度命令する。

「馬車を停めてと言ってるの、聞こえないの？」

「しかしお嬢様、前の馬車が……」

「こちらが停まれば向こうも停まるでしょう。気づかず行ってしまったって、気づけば戻ってくるわ」

返事をする代わりに、御者は大声で前の馬車に声をかけた。

「おーい！　お嬢様が停まれってよ！」

どこか投げやりな声だ。

「で、どうなさったんです？　お嬢様」

「気分が悪いの。どこか休めるところで停めて」

「しかしこの辺りは街と街との間で何もありませんよ？」

「休めればどこでもいいわ」

「はあ……」

馬車が停まる。

外で何か言葉を交わしている声がする。

「具合が……」

「どこでもいいんじゃ……」

切れ切れの声が聞こえている間にも、姉さんは窓から外を見ると、馬車の扉を開けた。

「降りるわよ、アマリア」

「……はい」

外に出ると、風が気持ちよかった。

「タニア様、お降りになられては」

「しかし……」

「食事をしてすぐに馬車に揺られたから具合が悪くなったのよ。暫く休むわ」

「時間はたっぷりあるのでしょう。三十分ほど休んだって問題はないのじゃなくて？」

バークリーさんが止めるのも構わず、姉さんは道端を流れている用水路に持っていたハンカチを浸し、それを持って木の下に向かった。

「敷物《しきもの》はないの？」

「このようなことがあるとは思っておりませんでしたので、持っておりません」

「使えないわね。じゃいいわ。どうせまた着替えるのだから」

と言って、スカートをふんわりと広げながら腰を下ろした。

「アマリア、早く来なさい」

呼ばれて近づくと、少し苛立《いらだ》った様子で姉さんは私を見た。

「ああ、失敗したわ。ハンカチは濡らさない方がよかったわ。あなた、乾いたハンカチを持ってる？」

「ええ」

「取り替えて」

ポケットから乾いたハンカチを取り出し、差し出された濡れたものと取り替える。

「あなたはそっちの日陰に行きなさい。私は日が当たる方がいいわ」

バークリーさん達はどうするべきか悩んでいるようで、馬車の傍らに立ったまま、こちらを眺めていた。

私は言われたように、姉さんが座っているのと反対側の木陰に座り、取り替えたハンカチを首に当てる。

濡れたハンカチは冷たくて気持ちよかった。

「お前の方が、具合が悪そうな顔をしている」

ふいに声をかけられて、私は顔を上げた。

レオン様。

「あの……」

「お前も気分が悪いのではないか？」

「いえ、あの……」

私が答えに戸惑っていると、姉さんがこちらに気づいた。

「私の侍女に何か御用？」

「侍女？　妹ではないのか？」

「私は侯爵令嬢よ。一緒にされたら困りますわ。今まで妹として暮らしてきたから、引き取ってあげるけれど、アマリアは侯爵家とは関係ないのだもの、侍女として雇ってあげるだけでも十分だわ」

「本当にそう思っているのか」

「ええ。それに不満でも？　それとも、アマリアが気に入ったのかしら？　口説《くど》くなら、私にした方がいいわよ。私は侯爵令嬢だもの。その娘《こ》は何も持っていないし、私はその娘を離さない。侯爵令嬢の私から取り上げるのは、伯爵程度では無理でしょう？」

「よく回る口だ、具合が悪いとは思えなんな」

不快そうに言って、彼は離れていった。

残されたのは私と姉さんだけ。

「……ハンカチが乾いたら言いなさい。出発するから」

レオン様は、バークリーさん達のところへ行くと、何かを話していた。ここまでは聞こえないが。

心が苦しい。

我慢していることが多すぎて。

「あの用水路の水、飲めないかしら？」

「バカね。侯爵令嬢が用水路の水なんて飲めるわけないでしょう。あなたもよ。何を言われるかわかったものじゃないわ」

「そうね……」

二十分ほど休息をとったあと、私達はまた馬車に乗り、走りだした。

「ここいらは、道が舗装されていないから、揺れが酷かったのね。街が近づけば揺れはおさまるのだろうけれど」

「私達、馬車に乗ったことがないものね」

「ええそうね。それを考えに入れていない彼らの失態よ。後でよく言ってやらないと。食事が終わったら、少し休憩を入れないともう馬車には乗らないって」

「聞いてくれるかしら？」

「聞かせるのよ。私の命令なんだから」

窓の外の景色が変わる。

ずっと続いていた田園風景から、小さな村を幾つか通り抜ける道となり、大きな橋を渡ると馬車の揺れが小さくなった。

姉さんの言う通りなら、きっと街が近いのだろう。

ゆっくり走っていたせいで、日が傾いてから到着したロッツの街は、昼食を摂《と》ったところと同じくらいの大きさの街だった。

つまり、私達が住んでいたところよりも賑やかだが、ラジルよりは小さい。

そこで泊まるのも、街で一番立派な宿だった。

ラジルのようなホテルは珍しいのだろう。一度だけでも泊まれて幸運だった。……この状態で幸運という言葉を使うのは似合わないが。

「お嬢様と侍女の部屋は別です」

大きな絵が沢山飾ってあるそのホテルで、緑のベストを着た宿の人間が言った。

「どういうことなの、バークリー。私はずっと侍女と一緒の部屋がいいと言ったでしょう」

姉さんは怒り、バークリーさんはその不満をそのまま宿の人間に向けた。

「予約の時には次の間付きの部屋を頼んだはずだが？」

「はい。お部屋に次の間も浴室もついてます。ですが寝室は一つです。寝室までは言われなかったので」

なるほど、侍女がいるから『次の間付き』といえば侍女の寝室が付いていると思っていたが、宿の方では単なる『次の間』としか受け取らなかったということね。

「しかし侍女の方の部屋はお隣ですから、不便はないと思います。ずっとお嬢様の部屋でお世話をして、寝る時だけご自分の部屋へ戻ればよいだけですから」

緑のベストの男性は、自分は悪くない、というように説明した。

そう言われては、文句は言えない。普通のお嬢様と侍女ならばそうするものなのだから。

「……いいわ。荷物を運んで」

姉さんも諦めるしかなかった。

そこから先は昨日と一緒。

二日続けての馬車の旅で疲れてしまい、姉さんの部屋で一緒に夕食を摂った後は早めにお湯を使ってもう寝ることにした。

「一人で平気？」

「大丈夫よ。疲れたから、多分部屋へ行ったらすぐに寝てしまうわ」

「それもそうね」

気遣ってくれた姉さんに別れを告げて自分の部屋へ向かう。

姉さんの部屋は広く、居間が別室になっていて、寝室にも大きな天蓋《てんがい》付きのベッドが置かれていたが、私の方は一間だけのこぢんまりとした部屋だった。

多分、普段も主人と召し使いがセットで使うようにできているのだろう。

でも私には、このこぢんまりした方が落ち着けた。

「いけない、ナイトドレスを持ってくるのを忘れたわ」

部屋を移動するから、お風呂を使ってからまたドレスを着ていた。眠るためのナイトドレスは姉さんの部屋だ。

でもいいわ。誰に見られるわけでもないのなら、下着で寝てしまえばいい。

普段着ているものと違って、侯爵家が用意してくれた下着は、それ自体がドレスのように綺麗なのだもの。

木の小さなテーブルと椅子は置かれていたけれど、私はベッドの上に腰掛けた。

こちらの方が座り心地がいい。良すぎて、座っているだけで眠くなりそうだけれど、すぐに眠ることはできなかった。

ノックの音が聞こえたからだ。

緊張が走る。姉さんなら名前を呼ぶはずだもの。

バークリーさん？　それとも……。

もう一度、ノックの音がして、小さな声が聞こえた。

「アマリア、私だ」

開けてはだめだと思うのに、その声を聞いて無視することはできなかった。

鍵を外し、ドアを開ける。

「レオン様」

彼は私を押し戻して素早く中に入った。

もう二人きりになることなどないと思っていたのに、目の前に彼がいる。

「どうしてこちらに……」

「どうしてもお前のことが気になった。あの女のことで」

「あの女？」

「お前はあんな酷い姉と暮らしていたのか」

怒ったように、彼は言い放った。

「お前から聞いていた話では、仲の良《い》い姉妹だと思っていた。だがあの傲慢《ごうまん》さはどうだ。自分が侯爵家の娘で、迎えが来たとわかった途端、豹変《ひょうへん》したのか？　妹は侍女として使い、侯爵家の者にも威張り散らして。食事の時もそうだ。私は何度もお前が綺麗な所作で食事をしているのを見ている。なのにお前を貶《おとし》めるようなことを言って」

ああ、彼は私のために怒ってくれているのだ。

私とのことは終わったのに、まだ気遣ってくれているのだ。

「姉さんは、とても優しい人ですし、私を大切にしてくれています」

「どこが？」

苛立ちを見せる彼に椅子を勧め、私も向かい側に腰掛けた。

「我が儘放題で自分勝手。彼女はルエイ侯爵令嬢に相応《ふさわ》しくない」

「まさか、国王様に姉さんを侯爵令嬢にしないようにと報告するつもりですか？」

「できないことはない」

「お願いです。それはやめてください」

「何故だ。お前はあんなふうに扱われていいのか？」

「いいんです」

「アマリア……。お前こそが、侯爵令嬢に相応しい心の持ち主だ。……いっそお前が侯爵の娘であったなら、私はお前を妻に迎えることができるのに」

歯嚙《はが》みするように彼が呟く。

「悪巧みね」

その彼の後ろから、姉さんが入ってきた。

「あなたの部屋のドアが開く音が聞こえたから、心配して見に来たら、お役人が私を追い落とそうと企《たくら》んでいるのを聞こうとは」

レオン様は、姉さんを振り向いたが、慌てる様子は見せなかった。

「お前が侯爵令嬢に相応しくないと思うのは真実だ」

そして挑むように姉さんを睨んだ。

「アマリアの方が相応しい？　でも残念ね、アマリアは侯爵令嬢ではないわ。もしこの娘が侯爵令嬢だったとしても、あなたとは結婚できないわ」

「私が伯爵だから、と言いたいのか」

「二人ともやめて」

私は堪《たま》らず声を上げた。

大好きな二人が、目の前で争う姿を、見ていられなかった。

「違うの。違うのよ……」

「アマリア」

姉さんは私のそばに駆け寄り、肩を抱いてくれた。

愛《いと》しさを込めた腕で。

「こんな男の甘言に乗ってはだめよ。あなたの方が気弱で与《くみ》し易いと思って手を出してきてるだけなのだから。役人だって伯爵だって関係ないわ」

「違うの、姉さん。彼は心配してくれただけなのよ」

「会ったばかりの人が？」

そう言ってから、姉さんはハッとしたようにレオン様を見た。

「違うわ、姉さん……！」

彼女が何を言おうとしているか察して、慌ててその手を摑む。

けれど彼女を止めることはできなかった。

「あなた、もしかしてアマリアを助けた査察官の人？」

知らない、と言われるだろう。

私との時間はもう終わらせたのだもの。彼は今、『伯爵』としてここにいるのだもの。何者でもない私とのことなんか認められるわけがない。

でもそれを聞くのは辛い。

「査察官？　何だそれは」

ほら、やっぱりそう答えた。そしてやっぱり、胸が痛む。

「だが彼女を助けたことはある」

「そして何度もこの娘を呼び出した」

「ああ」

「レオン様……」

彼がそれを認めたことに、正直驚いてしまった。タニアはただ私の姉さんなわけではない。今は侯爵令嬢、貴族なのだ。他の貴族の前で私とのことを認めるなんて。

「この娘のことを好きなの？」

「ああ」

姉さんは私を見た。

「あなたもこの男が好きなのね」

「……姉さん」

「いいわよ、隠さなくても。出掛けるたびにうきうきしてたのもわかってたわ。でもあなただけが熱を上げてるのだと思ったわ。だから泣かなければいいと思ってたのに……」

姉さんは長いため息をついた。

「ここは椅子が二つしかないのね」

「この椅子を譲ろう」

「いいえ、いいわ。テーブルをベッドに近づけて。私はベッドに座るから」

ガタガタとレオン様がテーブルと椅子を動かしている間に、姉さんはドアに鍵を掛けた。

さっきレオン様が入ってきた時に鍵を開けたままにしていたのに気づいた。だから姉さんが入ってこられたのだということも。

私と姉さんが並んでベッドに座り、テーブルを挟んで椅子に座るレオン様は、もう怒ってはいなかった。

彼はとても頭のいい人だから、何かを察したのだろう。

「アマリアを侯爵令嬢にするという考えは捨てて頂戴、ダナン伯爵。それから、私を侯爵令嬢として認めないということもやめて」

「侯爵令嬢になりたいのか？」

「侯爵令嬢になりたいかですって？　私達はそんなものになりたいなんて、一度も考えなかったわ。侯爵の孫が早く結婚して子供を生んでくれって、ずっと願ってた。私達はあの森で静かに暮らしていたかったのよ」

言ってから、姉さんは額に手を当て、俯いた。

「侯爵家からの迎えが来ても、シラを切るつもりだった。でもあの男達は家中を捜し回って、母さんが侯爵から貰った指輪を見つけてしまった。だから認めるしかなかったのよ」

「姉さん……」

私が手を握ると、身を寄せるように抱き合った。

「侯爵家に行きたくないとは言わなかったのか？」

「あなた、貴族なのでしょう？　だったらルエイ侯爵家のことは知ってるんでしょう？　跡継ぎがいなければお取り潰しだって」

「……可能性はあるな」

侯爵家からの迎えとして来た男は、それを滔々《とうとう》と姉さんに訴えた。

侯爵は病気で老齢、万が一のことがあったら侯爵家は取り潰しになるだろう。侯爵の持っているものはそれだけ魅力的なのだと。

王家がまるごと抱えるならばまだマシだが、分割され、売りに出されたり他の貴族に分け与えられるかもしれない。

「もし取り潰されたら、侯爵家で働く者達は職を失う。広大な領地に住む領民の生活もズタズタにされると脅されたわ。他人を不幸にして、安穏な生活を望むのですか、って。身勝手な言い分よね。私が不幸になることは考えない。貴族になれるのに何が不満だとも言ったわ」

「私達の住んでいる森は侯爵領だから、ここから追い出すとも言われたわ」

姉さんの言葉を補足する。

「街からも追い出すって言ってたわね」

恐らく、何が何でも娘を連れてこいと言われたのだろう。

最初の使いの者の態度は酷かった。

「だから、侯爵に直接会って、話をするしかないと思ったのよ。何とか皆が満足いく方法がないかを考えようと」

「侯爵令嬢になりに行くのじゃなく、ならずに済むように行こうとしたのか」

レオン様の言葉に、二人一緒に頷く。

「だが願いを聞き入れてもらうのなら、あの態度はよい方法ではないだろう。使用人を敵に回すだけだ」

「仕方がなかったのよ。手紙が来たから……」

「手紙？」

「これよ」

姉さんはドレスのポケットから封筒を取り出し、彼に渡した。

「侯爵家からの最初の使いが来た翌日に届いたの、ラーソン伯爵という人からよ」

「読んでも？」

「いいわ。あなたは役人で、アマリアの恋人だから」

「姉さん、恋人ではないわ。……私が好きなだけ。相手にはしてもらえなかったの。彼はただ優しい人なだけよ」

嘘をついたけれど、姉さんは聞き流した。

レオン様も否定をしなかった。

もう手紙を読むことに集中していたからかもしれないけれど。

「手紙には、自分はルエイ侯爵の遠縁だとあるわ。侯爵から娘がいることを聞いた、引き取ることも聞いた。けれど私のような身分のない娘が侯爵家に迎えられるわけがない。公式に認めてもらうためには、自分と結婚しなければならないとあるわ」

自分ならば爵位がある。

自分ならば、公式にルエイ侯爵の縁者であると認められている。

だから、自分と結婚することが侯爵令嬢として迎え入れられる絶対条件なのだとあった。

「わかったでしょう。もしもアマリアが侯爵令嬢だったとしても、あなたと結婚はできないわ。彼女が侯爵令嬢ならばその男と結婚しなければならない。結婚を断れば侯爵令嬢にはなれないから、貴族のあなたの相手にはならない。どっちに転んでも無理なのよ」

「お前はこの男と結婚するのか？」

「したくないから、姉さんはずっと芝居をしていたの」

姉さんに代わって、今度は私が答えた。

「嫌な娘とわかれば結婚を拒んでくれるかもしれないから、ずっと我が儘な娘を演じていたのよ。それに、嫌な娘だと思えば召し使いの人達が姉さんを令嬢にしない方法を考えるかもしれないでしょう？　あなたが気づいた通り、馬車で具合が悪くなったのは私。姉さんは気遣って自分だと言ってくれたの。冷たいハンカチも、木陰も私に譲ってくれたわ。姉さ食事のマナーの時も、私が気に入られないようにわざとあんな言い方をして……」

「アマリア」

姉さんが私の手を強く握った。

「もういいわ。やめなさい」

レオン様は、手紙を最後まで読み、便せんを畳んで封筒にしまった。

「何故、この手紙を信じた？」

「え……、偽物なの？」

「いや、ラーソンという名の伯爵はいる。かなり遠いがルエイ侯爵に続く家だ。だが突然届いた手紙を何故信じたのかと思ってな」

「それは……、侯爵家の使者が来てすぐだったから。関係のない人が私達のことを知ってるはずはないので、侯爵の身内なのだと」

「そうだな、情報が早い。この手紙を、預かってもいいか？」

「どうするの？」

姉さんの問いに彼は指先で封筒を弄んだ。

「気になるので、少し調べてみてやろう。一つ安心させてやると、この男と結婚しなくても、侯爵家に入ることはできる。確かに爵位のある身内と結婚すればスムーズに令嬢と認められるだろうが、絶対条件ではない」

「本当？」

「問題があるとすれば、タニアの出生証明ができないことの方が大きいだろう」

「出生証明……？」

「お前の母親を愚弄《ぐろう》するわけではないが、他の男との間に作った子供を送り込もうとしていると言い出す者がいるかもしれないということだ。恐らく、この男は結婚を断ったらそれを言い出すだろうな」

「侯爵令嬢になんかならなくてもいいけど、私が行かなかったら侯爵家はつぶされてしまうというのは変わらないの？」

「跡継ぎがいなければな」

「私達どうしたら……」

「侯爵家に到着するのは明日か？」

「いいえ、昼間二日かかると言っていましたから、もう一日どこかへ泊まると思います」

「のんびりとした旅だな」

「なるべく時間を稼ぎたかったから、ゆったりした旅程にして欲しいと言ったの。すぐ着いてしまったら、私が嫌な娘だと印象づけられないでしょう？」

「頭がいいな」

姉さんの言葉に、彼は笑った。

「いいえ。よくなんかないわ。私は間違った道を選んだかもしれない。私達が幸せになるよい方法も考えつかないし」

「幸せになるよい方法か、私も少し考えてやろう」

「是非お願いしますわ。それじゃ、私はもう部屋へ戻ります。伯爵はどうぞ、もう少しマリアと話をしていってください」

姉さんは、私から離れ立ち上がった。

「でも結婚ができないと思うのなら、お行儀よくなさってね」

「姉さん！」

そして軽くレオン様に会釈をし、出ていった。

私達を二人きりにして。

「ごめんなさい、姉さんが変なことを……」

気まずい空気に、私は謝罪を口にした。

「姉さんには、あの夜のことを伝えていないのか」

「あれは……、夢ですもの。人に話したりはしませんわ」

「夢、か」

ポツリと呟いてから、彼も立ち上がった。

「私も部屋へ戻ろう。長くいると、もう一度夢を見たくなる」

テーブルと椅子を戻してから、彼は私を見た。

「さっきの手紙を調べに行くから、一旦《いったん》離れる。だがお前達にとってよい方法を探そう。私にとってもよい方法を」

「あなたにとって？」

「お前を、忘れられない。本当に、もう一度夢を見たいという気持ちがある。アマリアを知れば知るほど、手放したくないと思っている。だが私には立場がある。お前を手元に置くには、越えなければならない障害があるのだ」

彼は仕事として、私達の結末を見届けなければならない。それを勝手に歪曲《わいきょく》することもできないのだろう。

「レオン様、どうかもうそのことは。……私も、夢を見てしまいそうになります」

もっと時間があったら、もっと私達が貴族社会のことを知っていたら、こんな答えは出さなかったかもしれない。

別の道を探したかもしれない。

でももう遅い。ここまで来てしまったら、自分だけのことを考えてはいられない。

「そうだな。今はこの話はやめておこう」

彼はそのまま部屋を出ていった。

「お前の言う通り、よい姉だったな」

という言葉を残して。

一人残った部屋で、ドレスを脱ぎ、ベッドに入る。

疲れて眠いはずなのに、なかなか寝付けなかった。

何が本当によい答えなのだろう。

姉さんは侯爵令嬢になって、幸せになれるのだろうか？

手紙をよこした伯爵と結婚しなくてよいのだろうか？

侯爵家で働く人々は、どうなってしまうのだろう。領地の人は住む土地を追われたりしないのかしら？

侯爵様のお身体は大丈夫なのかしら？

私は、いつまでレオン様を忘れずにいていいのだろう……。

考えることがあり過ぎて、何度も寝返りを打ってはため息をついた。

何が一番いい方法なのか、そればかりを考えて。


翌朝、支度を手伝いに姉さんの部屋へ向かうと、既に着替えを済ませていた姉さんから、顔色が悪いと指摘された。

「よく眠れなくて」

正直に言うと、気遣うように頬にキスされた。

「大丈夫よ。きっと上手《うま》くやれるわ」

「でも……」

「彼のことを心配しているのね？」

「それだけじゃないわ。……彼とは別れなければならないと思っていたもの」

「でも彼は忘れてなかったみたいじゃない。いい方だわ」

「ええ、とても……」

「彼と結婚したい？」

その問いに私は笑った。

「できないわ。彼は伯爵様だもの」

「もしもあのラーソンという男と結婚しないで済んで、あなたが侯爵家に入ったら、何とかなるかもよ？」

「何故？」

「正直、昨日の夜そのことについても考えたわ。でもきっとだめよ」

「彼はきっと伯爵家の跡取りだわ。そうでなければ身分のない女性との結婚にそんなにこだわらなかったと思うの」

貴族の爵位は長男が継ぐ。それ以外の子供は爵位を得られない。そう聞いたことがある。

だから、次男や三男になると、男の子のいない他の貴族の家に婿養子に入ったり、商売を始めたりするらしい。

レオン様は、私を愛してくださった。

そのことは信じている。

だからもしも、彼が次男や三男で、爵位を継ぐことができないのであれば、何か違う選択をしてくれていただろう。

けれど彼は昨夜、自分の立場や障害と言っていた。自分の跡継ぎという立場を投げ出すことができない、という意味だろう。

「侯爵様が私達を呼び寄せるのは、跡を継がせるため、でなければ今まで放っておいた娘のことなんか思い出さなかったでしょう。となれば結婚は婿を取る形になるわ」

「跡継ぎと跡継ぎでは結婚はできないということね。私が侯爵の跡を継いだら、あなたを養女にして送り出すというのは？」

「身分のない者を養女にするなんて、侯爵様も姉さんのお相手になる方も許さないわよ。相手がラーソン伯爵じゃなかったとしても」

「それを許してくれる人と結婚するわ。もっとも、先の長い話になるだろうけど」

「ではそれを期待するわ。……ありがとう姉さん」

笑って、私達は抱き合った。

ずっと二人で生きてきた。互いを思いやって。

だからこれからもずっと一緒にいようと誓った。

「あの素敵な伯爵がいい方法を考えてくれるかもしれないわ。私達より貴族のことには詳しいのだもの」

「かもしれないわね。でも過剰に期待はしないわ。後でガッカリするから」

「……そうね。運命は私達にあまり好意的じゃないものね。それじゃ、またお芝居を始めましょう。私は高慢な成り上がり娘、あなたは地味で暗い侍女、よ」

「はい、お姉様」

朝食を部屋に届けてもらいたいと言ったのだが、ここではそれができないとのことだったので、私達は揃《そろ》って食堂へ向かった。

どうやら大きな隊商が宿泊していて、そちらで忙しいらしい。

宿を予約したのはルエイ侯爵だったが、客がその令嬢とは告げていないので、私達は後回しになっているらしい。

それでも、侯爵の名前は大きく、食堂の席は一行全員が入れる個室だった。

「ダナン伯爵は、別の用事ができたとかで、今朝ほど旅立たれました」

バークリーさんが言うと、姉さんは肩を竦めた。

「途中で仕事を放り出すなんて、たいした役人ではないのね。それとも、侯爵家の養女なんて、本当は興味がないのかも」

「かもしれませんな」

彼は無表情で同意した。

姉さんの芝居は上手くいっているようだ。

「本日はアツメの街で一泊いたします。そこまで行けばもう侯爵様のお屋敷はすぐですので、そのお宿でお支度を整えていただき、明日の朝に、侯爵家に到着いたします。お屋敷に着いてからは、使用人やご親族の方々とご挨拶《あいさつ》をしていただくことになります」

「親族？」

「はい」

「親族がいないから、私を呼び寄せたのじゃないの？」

その言葉に、バークリーさんは目を細めた。

「旦那様とは水よりも少し濃い程度しか血の繋がりはございません。旦那様が床に就かれてもお見舞いにもいらっしゃらなかったのに、フレド様が亡くなられた途端に大挙して押し寄せてらした方々です」

どうやら、その方々はお嫌いらしい。

「自分こそが侯爵家の跡継ぎと思って乗り込んできたのに、他に娘がいると知ってガッカリしたでしょうね。卑しい私などに声をかけず、その人達の中から跡継ぎを選んだ方がよかったのじゃなくて？」

「家系図で親戚《しんせき》と判明する方よりも、ご自分のお子様に跡を継がせたいと思われたのでしょう。私も、その方がよいと思います」

「どんな娘でも？」

「タニア様のお望みなど、侯爵家にとっては些細《ささい》なことです。旦那様がお嬢様のことをお認めになられたら、お好きなだけ贅沢をお楽しみください」

姉さんの我が儘では、侯爵家はビクともしないと。多少不快にはなっても、反対はしないということ？

では、私達のしていることは効果がないのかしら。

「お食事が終わりましたら、一時間の休憩を取り、その後に出発となります。よろしいでしょうか？」

昨日具合が悪くなったと言ったから、考えてくれたのね。

「ええ、いいわ」

食事を終えて部屋へ戻り、荷物をまとめながら、これからどうするかを再び姉さんと話し合った。

バークリーさんの言葉は、恐らく侯爵家の使用人の全ての考えだろう。

「爵位に目の眩《くら》んだ欲深い遠縁より、今まで騒ぐこともしなかった実の娘の方がいいと判断したのね」

姉さんの言葉に私も頷いた。

「侯爵家に入ってから教育すればいいと思っているのかもしれないわ」

「毎日ドレスを着替えたり、高い宿に泊まる程度、かわいいものってことね。もっと嫌な娘にならないと」

「でもそれは姉さんには無理でしょう？」

「……どうやったらいいか考えつかないわ。暴れたりしたら、警邏《けいら》に突き出されるかもしれないし、物を壊したりするのは嫌だし」

「私に厭味を言うのはお芝居だから何とかできたけれど、他の人を苛《いじ》めるのは辛いでしょう」

本当の姉さんは心優しい人。意地悪を続けるのは負担だろう。

「仕方ないわ。もう少しこのまま続けてみるしかないわね」

諦めたように言って、出発を待つ。

時間になるとバークリーさんが迎えにきて、私達はまた馬車へ。

特に変わったこともなく移動し、昼食を摂って休憩。そしてまた馬車へ。

馬車の中でも相談はしたかったのだが、御者に聞こえてはまずいので、意地悪芝居を続けることしかできない。

手を取り合って肩を落としながら姉さんが厭味を口にする。

「あなたは一生私に仕えるのよ」

「あなたみたいな愚図《ぐず》は他に働き口なんてないんだから」

「これからは姉さんじゃなくてお嬢様と呼ばないといけないのかもしれないけど、あなたは特別にしてあげる。言い間違えても罰したりはしないわ。感謝なさい」

でも途中で言い疲れてしまったのか、だんだんと内容が変わった。

「私が酷い人間だと思われたくないから、あなたには部屋を一つあげるわ。他の使用人とは別よ。使用人って、専用に住む場所があるのでしょう？　でもあなたは私の隣に部屋を作ってあげる」

「そんなこと、できないかもしれないわ」

「私が命令するわ。私が侯爵令嬢なんだから。お給金も弾むように言うわ。何なら侯爵家の名前でお店を出してあげてもいいわよ」

けれど御者には届かない小さな声で呟いた本当の気持ちを聞くと、心が痛んだ。

「私も仕立ての仕事がしたかったわ……」

私にその呟きが聞こえたのに気づいて気まずくなったのか、姉さんは手を離し、宿に到着するまでずっと黙ったままになってしまった。

夕方前に到着したアツメという街は、大きな街だったけれど、華やかというより落ち着いた雰囲気の街だった。

昼食の時にバークリーさんから聞いたところによると、侯爵の直轄地であるが故、文化的な街らしい。

商人の街などとは違います、と言ったのが、侯爵家のプライドのような気がした。

確かに、大きな建物が幾つもあるが、派手という印象ではない。

文化的という言葉はぴったりだ。

到着した宿も、華美ではないがゆったりとした素敵なホテルだった。

ラジルのホテルはキラキラした感じだったけれど、ここは重厚な感じがする。太い木の梁《はり》をわざと見せるようにして造られた白い建物。綺麗に並んだ窓。

趣は違うけれど、大きさは同じくらいだろう。

ホテルの対応も違っていた。

「ルエイ侯爵様のお客様ということでしたので、離れのお部屋を用意してございます。何か足りないものがございましたら、何でもお申し付けください」

朝、ここから侯爵家へはすぐだと言っていたし、その影響は強いのだろう。

案内された部屋は、ラジルのホテルと同じくらい広かった。

「侍女の方と同じ部屋をとのことでしたので、そちらに侍女の方用のベッドを入れておきました。もしそちらがお気に召さないようでしたら、他の部屋へ移しますが、いかがいたしましょう？」

こちらの要求には何でも応えるという言葉。

「いかがいたしますか、タニア様」

「……いいわ。疲れたからお茶を運ばせて」

「かしこまりました」

ホテルの者が会釈して一歩下がる。

バークリーさんに場所を譲るためだ。

「タニア様、その前に明日の予定を説明させていただきます」

「夕食の時でもいいでしょう？」

「今晩もお部屋で夕食を摂られるかと思いまして。早くお話しして、後はゆっくりしていただこうかと」

「……そうね。じゃ、聞くわ。アマリア、来なさい」

姉さんは私を連れて椅子に座った。

バークリーさんは、ホテルの者に目で出ていくように命じ、彼がいなくなると姉さんの傍らに立った。

「あなたも座っていいわよ」

「いいえ、召し使いはご主人様の前では着座しないものでございます」

「私はまだあなたの主人じゃないじゃない」

「タニア様は確かにまだ侯爵家の方と認められてはおりませんが、侯爵家のお客様です。お客様の前でも、着座は許されません」

「そう。でもアマリアはいいわよね？」

「『今は』アマリアさんはタニア様の同行者でらっしゃいますので、私が口を出すことではございません」

言外に、侯爵家の侍女となったらこうしてお嬢様と侍女が一緒に座るなんて許されないと言われたようだ。

　でもそうだわ。

　侯爵家に入れば、お嬢様でも思い通りにならないことはいっぱいあるだろう。お嬢様も万能ではないのだ。

「それでは説明させていただきます。今晩はこのお部屋でゆっくりしていただいて、明日の朝には当家から侍女が参ります」

「侍女ならアマリアがいるわ」

　彼は私をチラリと見た。

「正式なお支度をするにはお力不足かと」

「でもアマリアは連れていくわ。ずっと一緒よ。一人で知らない人達の中にほうり込むなんて酷いことしないでしょう？」

　バークリーさんはちょっと間を置いてから答えた。

「それでは彼女にも相応の支度を用意いたしましょう。お連れ歩きになるのでしたら、きちんとした身なりをさせませんと、ルエイ侯爵家の名に傷が付きます」

　ピシリとした口調は、今まで姉さんの我が儘を聞き入れていた時とは違っていた。

　旅の途中は自由だが、屋敷の中では決め事に従ってもらう、ということか。

「お支度が整いましたら、お屋敷へご案内いたします。お屋敷では、まず旦那様とお会いいただきます。旦那様がお嬢様をお認めになった時から、タニア様は侯爵家のご令嬢となります」

「……認めなかったら？」

「その可能性がございますか？　旦那様がエミリアさん、あなたのお母様に渡した指輪があって、あなたはご自分がエミリアさんの娘だと名乗った。旦那様の気が変わられて、数多《あまた》の遠縁の方の中から跡継ぎを選ぶとおっしゃらない限り、大丈夫ですよ」

彼の言葉に、心臓の鼓動が早くなる。

彼は何げなく言っているのだろうけれど、見透かされているようで怖い。

「私が侯爵令嬢になりたくないと言い出すことは考えていないの？」

姉さんが踏み込んだ台詞《せりふ》を口にしても、バークリーさんは動じなかった。

「ここまで来たら、お嬢様のご意思は関係ございません。旦那様がお認めになられたら、タニア様をルエイ侯爵家のお嬢様として、対応させていただきます」

拒んでも逃がさない、逃げたら捜す、という響き。

主導権は、あちら側にあったのだ。

「旦那様とお会いになられた後は、お屋敷に滞在している遠縁の方々がお嬢様とお会いしたいとおっしゃるので、一度だけご挨拶をお願いいたします。それが済みましたら、お部屋でくつろいでいただけます。よいお部屋でございますよ」

「……楽しみだわ」

「それでは、どうぞゆっくりお休みください」

バークリーさんは深々とお辞儀をして、出ていった。

入れ替わりに、ホテルのメイドがお茶のセットを持って入ってくる。

彼女達がセッティングをしている間、私達は黙ったままでいた。

聞かれたくないというより、喋る言葉を失っていたのだ。

メイド達が出ていっても暫くはそのままだった。

やがて姉さんがお茶を注いで、私にカップを差し出した。

「ここまで来たのだもの、後戻りはできないわね」

「でも……」

「侯爵様に会ったら、直接言うわ。遠縁の人から跡継ぎを選んで欲しいって。バークリーさんが嫌いな遠縁の方々はきっと喜ぶでしょうね。跡継ぎがいれば家が取り潰されることはないのだから、お屋敷の人も領民も何とかなるわ」

「もし断られたら？　レオン様はああ言ったけれど、あの伯爵と結婚しなければならなくなったら？」

「あなたは彼をレオンと呼ぶのね。レオナールという名なのに。それがあなたと会っていた時に彼が名乗った名前？」

「姉さん、ごまかさないで」

珍しく私が強く言うと、姉さんは自分に注いだお茶に口を付けた。

「わかってるわ。もしレオンさんの言うことが間違いで、やっぱり結婚しなくちゃならないとしても、私なら断れるわ。遠縁の人が何人もいるというなら、その人達に『どう思う？』って訊いてみるわ。きっと反対する人がいるでしょう。それでもだめなら、嫌な男と結婚しなくちゃならないなら、令嬢になんかならないって言ってやるわ」

「でもバークリーさんがもう姉さんの意思とは関係ないって……」

「大丈夫よ。どう見ても、バークリーさんは遠縁の人を嫌っていたじゃない。私が伯爵なんかと結婚したくない、侯爵以上じゃなきゃ嫌って言ったら、その通りだと思ってくれるわ。あなたにできなくても、私にはできるわ。男の人に『近寄らないで。あんたなんかと結婚しないわ』ってね」

明るく言われても、頷くことはできなかった。

「お菓子を食べて、食事をして、毎日お風呂に入ってふかふかのベッドで眠る。貴族のお嬢様達がどうしてあんなに細いままでいられるのかわからないわ」

それには同意したけれど……。

その晩は、誰にも見られないだろうと一緒のベッドで眠った。

屋敷へ行ったら、もう二人きりで話すことができなくなるかもしれないという、漠然とした不安を感じていたので。

このことについて、私達はもうずっと話し合ってきた。

母さんが病床についてから、真実を告げたあの日から。

私達に父はいない。母は二人とも亡くなってしまった。それまで母さんが話してくれたことは全て嘘だった。

私達姉妹は血が繋がっておらず、母さんは誰とも結婚していない。だから馬車の事故を恐れてるなんていうのも嘘。

とてもショックだったけれど、侯爵家のことも含めて、私達は母さんがついていた嘘の方を選んだ。

その嘘を真実にしようと決めた。

でも侯爵家の使いが来て、私達の嘘を暴いた時、ラーソン伯爵の手紙が来た時、これから先をどうするかを話し合った。

ケンカするほど。

互いが互いを想《おも》ってのことだとわかっていても、受け入れられないことはある。納得できなくても、受け入れるしかないこともある。

言い合って、疲れて、泣きながら抱き合った。

だからもう意見を口にはするけれど、話し合いはしない。

話し合えば、またケンカになるとわかっていたから。

その代わり、昔のことを思い出して、懐かしさに浸って夜を過ごした。

元気のよい姉さんと、臆病《おくびょう》だった私。

姉さんとは呼ぶけれど、私達の本当の歳《とし》は一年も違わない。

でもやっぱり小さい頃から、しっかりしていたのは姉さんだった。

虫を怖がって私が泣くと、自分だって嫌いなのに追い払ってくれたり。母さんが街で買ったお土産を私に先に選ばせてくれたり。

支え合って暮らしていた森での日々に思いが巡る。

風が吹くたびにキラキラと光る木漏れ日、冷たくて清《さや》かな川の流れ。ベリーの群生を見つけた時の喜び。

母さんに仕立てを教えてもらって、初めて作った自分達の服、仕事を任せてもらえるようになった時の喜び。

もう戻れない時間。

「でもそれなら、これから楽しいことを探さないとね」

二人の金の髪が交じり合って、どれがどちらの髪かわからない。その間で手を握ったまま眠りに落ちた。

幸福だった頃の夢を見て。

だが、翌朝には夢は覚めて現実がやってくる。

朝、私は姉さんより早く起きて服を着替えた。後で侍女が来るにしても、運ばれてくる朝食をナイトドレスのまま受け取るわけにはいかない。

暫くすると姉さんも起きて自分でドレスに着替え、私の隣に座った。

「運命の日って、静かね」

私が言うと、姉さんは「そんなものよ」と答えた。

ホテルのメイドが朝食を運び入れ、二人で食事をする。どんな時でもきちんと食べないと戦えないもの。

自分達の生活はそういう生活だったから。

食べ終わるとノックの音がして、バークリーさんがお屋敷の侍女達を連れてやってきた。いずれも私達より年上の、手慣れた感じの女性が三人。

「それでは、頼んだよ」

「かしこまりました」

バークリーさんに怯《ひる》む様子もなく対応した侍女は彼を追い出し、私達に支度をさせた。

姉さんは髪を巻き、白いリボンと真珠の髪飾りで結い上げた。

ドレスは明るいクリーム色の、胸元にリボンがついて、袖口《そでぐち》にレースがあしらわれたもの。

首にはダイヤと真珠のネックレス。

お化粧をされて仕上がると、妹の私から見ても上品で、華やかで、美しいお嬢様だった。

私に用意されたのは、淡い水色のドレス。フリルが付いてはいるが、姉さんのものと比べるとぐっとおとなしい感じ。

あまり派手なものは好まないので、むしろありがたい。

髪は垂らしたままで、同じ色のリボンを付けて少しだけ纏《まと》められた。

私にもお化粧をしようとしたが、自分は侍女ですからと言って断った。

「お二人とも、とてもお美しいですわ」

「本当に装い甲斐《がい》のあるお嬢様ですわね」

侍女達が、満足げに言った。

「それでは、バークリーさんをお呼びいたしましょう」

呼び入れられたバークリーさんも、目を細めて褒めてくれた。

「どちらに出ても恥ずかしくないお美しさです。その上、市井《しせい》でお育ちになったのに所作もお綺麗で。エミリアさんはお二人を大切に育てられたのですな」

今回は、荷物を持つことは許されず、私も案内される側になった。家から持ってきたカバンは、別にお屋敷のお部屋に運んでおくと言われた。

ロビーにいた何人かの客が向ける視線の中を通り、玄関に出ると、今まで乗っていたのとは違う馬車が待っていた。

侯爵家の紋の入った白い馬車。

前の馬車も私達にとっては立派な馬車だったが、これは乗り込むのも戸惑ってしまうほど豪華で美しい。

ステップを踏んで中に入ると、内張りは紫のベルベット。窓は大きく、前のより少し広いのではないかしら。

私達が乗り込むと、馬車は静かに走りだした。

道のせいかもしれないが、揺れもずっと少ない。

緊張がどんどん高まってゆく。

ここから先は何が待っているのか、想像もできない。

窓の景色は街並みから田園風景になり、すぐに鉄の柵が現れた。

どこまでも続くその柵が切れ、馬車が巨大な門をくぐり柵の内側へ入った時、その柵が侯爵家の敷地の境界線だったということに気づいた。

門をくぐった時には見えなかった建物は、やがて巨大なその姿を見せた。

今まで泊まったどのホテルよりも大きい。

横に広く伸びた白い建物。

正面の玄関には半円形のポーチ、上には聖堂のようなドーム。

高価なガラスをふんだんに使った窓が並び、石像が飾られ、トピアリーというのだったかしら、様々な形に刈り込まれた植木が並んでいる。

そのポーチの前に、ズラリと人が並んで待っていた。

黒いスーツを着た男性達と、黒いドレスに白いエプロンとプリムを付けた女性達。

馬車が停まると、その中で一番老齢な男性が扉を開けてくれた。

「ようこそ、お嬢様方。心より歓迎いたします」

目元に皺《しわ》のあるその白髪の紳士が、手を差し伸べて、私達を順に降ろしてくれる。

「私は執事のベルシーと申します。あちらにいる者はこの屋敷で働いている者達です。お嬢様のご帰還を歓迎し、集まりました。他にもまだ仕事をしている者がおりますので、また後日ゆっくりとご挨拶《あいさつ》さしあげたいと思います」

怖い。

自分の知らない世界に足を踏み入れたという実感が、恐怖を呼ぶ。

「ありがとう。でもまだ私は客人だそうよ」

姉さんは堂々と答えた。

「然様《さよう》でございますな。それでは、旦那様のお部屋へご案内いたします」

「アマリアも一緒よ」

「そちらのお嬢様ですね？」

ベルシーさんが私を見て、片方の眉《まゆ》を僅《わず》かに動かした。

「かしこまりました。どうぞご一緒に」

ベルシーさんは並んでいる者達に無言で合図を送った。

一同は、私達に揃って頭を下げると、静かに散開した。

その後で、ベルシーさんは私達を屋敷の中へ招いた。

扉は並んでいた者の中の一人が開ける。

今までずっと一緒に旅をしていたバークリーさんは一緒ではなかった。御者も、同行していた召し使い二人も。

親しくしていたわけではないのに、彼らと離れると心細さを感じた。

姉さんは顔を上げ、しっかりとした足取りでベルシーさんに付いてゆくけれど、私は俯いて彼女のドレスの揺れる裾ばかり見ていた。

その歩みが止まる。

「こちらのお部屋で、少しご説明申し上げます。どうぞお入りください」

このまま侯爵様のお部屋へ行くのかと思ったけれど、ベルシーさんは小部屋に私達を通し、椅子を勧めた。

小部屋といっても結構な広さだけれど。

置かれていた椅子に私達が並んで座ると、ベルシーさんは穏やかな視線を向けた。

「ご姉妹としてお育ちになったとか。仲がよろしいようですな」

「ええ。だから侯爵様にお会いするのも、二人一緒よ」

姉さんが答えると、彼は私を見た。

「アマリアさんも、それでよろしいですか？」

「ええ。ずっと姉さんと一緒にいます」

その言葉に姉さんが私の手を握ったので、私も握り返した。ベルシーさんはその様子に頷いてから言葉を続けた。

「バークリーからお聞きかと思いますが、旦那様は現在ご病気で伏せってらっしゃいます。長く気管支のご病気だったのですが、お孫様の一件がございましてからは、気落ちなさってベッドから起き上がれない状態です」

「医師には見せているの？」

「もちろんでございます。現在も傍らに医師が付き添っております。ですから、お嬢様方に先に申し上げておきます。もし旦那様が咳《せ》き込《こ》まれたら、大変申し訳ないのですが、お部屋を出ていただかなくてはなりません」

「気管支の発作、ね。興奮したりするとよくないと聞くわ」

「よくご存じで」

「森に住んでいた時、薬草を採っていたから聞いたことがあるのよ。咳《せき》が酷くなって、呼吸ができなくなると命の危険があると」

「然様でございます。ですから、咳き込まれた場合は、一旦お部屋を出ていただくかもしれません」

「ええ、いいわ。侯爵様のお身体の方が大事だもの」

姉さんの心遣いに彼の目が微笑んだように見えた。

「ありがとうございます。それでは参りましょう」

説明は終わりだと、扉に顔を向けた彼に、姉さんの声が飛んだ。

「待って」

「はい？」

「あなたは、この家のことを一番知っている人よね？」

「恐らく」

それは控えめな答えね。

執事というのは、主の知らないことまで知っている人間だと聞いたことがあるもの。

「それなら教えて、侯爵様はどんな方？　本当のことを教えて。今まで放っておいた私を呼び寄せる理由は、家のため？」

彼はすぐには答えなかった。

じっとこちらを見て考え、言葉を選ぶように話してくれた。

多分、とても誠実に。

「旦那様が、エミリアさんを望まれたことは、あまり褒められる行いではございません。ですが、遊びなどではなくそれなりに好意はあったかと思います。当時は奥様がご存命でした。エミリアさんを解雇したのは奥様です。旦那様は、エミリアさんのために住む場所を用意なさるほど心を傾けてらっしゃいましたが、奥様を取られたのです」

それは思い出さないままでいられるほどの傾きだろうけれど。

「……そう」

「ただ、今は少し違うと思います」

「何が違うの？」

「ご家族を次々と亡くされて、旦那様はお嬢様にお心を向けていらっしゃいます。ただ家のためだけというよりも、たった一人の家族、という目でお嬢様を見ているのだと思います」

その言葉に思わず私が言ってしまった。

「寂しくなったから、捨てたものを思い出したのね……」

「お嬢様」

ベルシーさんの声にはっとして視線を落とす。

「失礼いたしました」

「謝らなくてもいいわ、アマリア、私もそう思ったのだから」

わかっているわ、というように姉さんが手を強く握った。

「聞きたいことは聞いたわ。行きましょう」

手を離して、姉さんが立ち上がる。

私を導くように先に立って、ベルシーさんが開けるよりも先に、自分で扉を開けた。

「お嬢様、私がご案内いたします」

彼は姉さんを追い越して前に出ると、すぐに近くの扉の前で足を止め、ノックした。

「ベルシーでございます。タニア様をご案内して参りました」

扉を開け、私達に先に入るよう促す。

姉さんが先に入り、私も続いた。

広い部屋に置かれた大きなベッド。

寝室というより、居室にベッドを運び入れたという感じだ。部屋の傍らには長椅子やテーブルが置かれているが、それでも余りある空間があるせいだろう。

部屋には薬の臭《にお》いがし、ベッドには痩《や》せた老人が横になっていた。

その傍らに、白い上着を羽織った眼鏡《めがね》の紳士が付き添っている。多分、この方がお医者様だろう。

老人が身体を起こそうとすると、ベルシーさんが駆け寄り、背中に枕とクッションを入れ、身体を起こし易いようにしてあげた。

数歩だけ中に入ったまま足を止めた私達に、老人の視線が向く。

顎《あご》に白い髭《ひげ》を蓄えた、皺のある顔。

私達と同じ青い瞳。

この人が、ルエイ侯爵……。

「旦那様、タニアお嬢様です」

念を押すように、ベルシーさんが繰り返す。

「お嬢様です」

青い瞳は虚《うつ》ろだったが、何かに思い当たったようにパッと見開かれ、輝きを見せた。

「おお……。エミリアにそっくりだ……」

掠《かす》れた声。

私達が想像していたのは、もっと傲慢な老人だった。他人の意見など聞かず、何でも思い通りにしようとするような。

けれどこの人は……、憐《あわ》れな病人だわ。

「私は……、お前を娘と認める。この家を絶やすな。ルエイ侯爵家を……。ゴホッ……」

彼は咳き込み、ベルシーさんはたった今組み上げたクッションを外し、すぐに彼を横たわらせた。

「旦那様、あまりお話しになりませんように」

「タニア。エミリアは……、お前の母は、よい娘だった。しっかりとした、美しく健康な……。その娘ならば、この家を任せられる。ルエイ侯爵家の名は残さねばならない。侯爵家としての誇りと歴史が……消えることはあってはならない……」

また咳き込み、傍らの医師に話を止められた。

「お時間はたっぷりございます。またのちほどにしましょう。ベルシー、お嬢さんを外へ」

「はい」

咳き込みが続き、医師が吸い飲みを侯爵の口に当てる。咳は少しだけおさまったようだが、荒い息遣いはおさまらなかった。

「この家を……、私が最後などと……」

うわ言のように繰り返す声が響く。

「……そんな不名誉は許されない」

ベルシーさんがこちらを向く。
私達は……、動くことができなかった。
入って立ち止まった場所から、ベッドに近づくことができなかった。
気づけば、目に涙が滲んでいたが、それが零れることはなかった。
「こちらへ、お嬢様」
胸の中に満ちる感情が何なのかわからない。
どうして涙ぐんだのか、説明もできない。
振り向いた姉さんの目も、潤んでいた。
けれど姉さんは、自分の気持ちを口にした。
「……可哀想《かわいそう》だわ」
と、一言だけ。

侯爵の部屋を出ると、お茶の支度のされた別室へと案内された。
私と姉さんは、もう何も言わなかった。
黙り込んだ私達の前で、ベルシーさんは語った。

「お若い頃にご家族を亡くされ、旦那様はこの家をたった一人で支えなければならなかったのです。ご結婚なさった奥様は、坊ちゃまを出産なさった後にお身体を壊されて、二人目を望むことができなくなりました」

こちらが尋ねたわけではなかったけれど、彼は昔の話を語り続けた。

生まれた息子に何かがあったらどうしよう。

自分は呪《のろ》われているのではないか。

そう悩んでいた時に、エミリア、つまり母を見初めてしまった。

のしかかる重圧から逃れるように母さんを求めたが、母さんが身ごもると、もう子供を望めない奥様は生まれてくる子供がもしも男の子だったら、という恐怖に取り付かれて、母さんを家から追い出した。

侯爵は母さんより奥様を選び、その行動を咎《とが》めなかった。

その代わり、あの森の家を与えたのだ。

そして二度と母さんに会わないことを決めた。

息子が無事に育ち、孫も生まれ、思い出す必要がなかったと言った方が正しいだろう。

けれどその息子が亡くなり、孫も亡くなった時、自分にはもう一人の子供がいると思い出したのだ。

「あの人は……、憐れだわ。『家』という呪いに縛られている」

長い昔語りを聞いて、姉さんが呟いた。

「かもしれません。背負う家名のない私どもにはわからないことですが、家督を継ぐということは貴族にとっては運命なのです」

「運命？　妄執だわ」

ベルシーさんは、肯定もしなかったが否定もしなかった。

「私は、エミリアさんを覚えています。あなた方のお母様の」

その言葉に、私達は揃って彼の顔を見た。

「よいお嬢さんだったと思います。この家を去る時も、恨み言一つ言わず、何も求めずに出ていきました。一緒に出ていったメイドのエマのこともよく覚えています。明るくはきはきした娘でした。結婚前に身ごもったことを奥様に咎められ、解雇されたのですが、結婚する予定だったロンが生きていたら、まだここに残っていたでしょう」

「その……、ロンさんというのはどういう人でした？」

「陽気で真面目な男でした」

「私達は、暴走した馬車に轢かれたと聞いたのですが……」

多分、母さんから聞いた『父さん』の話が、そのロンさんのことなのだろう。

「そうです。街中で。轢かれそうな子供を助けて代わりに轢かれたのです。正義感の強い男でした」

「そうですか……」

ベルシーさんはコホンと一つ咳払いをした。

「お二人はとても仲がよろしいようですな」

「はい。とても」

その問いには私が答えた。

「もし……、姉さんが侯爵家を継ぎたくないと言ったらどうなるのでしょう」

姉さんがバークリーさんにした質問を、私が彼に問う。

「どうぞ、それだけはおっしゃらないでください、としかお答えできません。この家は、大きな機械のようなものです。幾つもの歯車が組み合わさって動いております。その中心が、侯爵様です。その歯車を失うわけにはいかないのです」

「でも、遠縁の方がいらっしゃると聞きましたわ」

ベルシーさんは、バークリーさんと同じ反応をした。

「壊れた歯車をはめても、機械は上手く作動しないでしょう」

遠縁の方達は余程の方々らしい。

「私が拝見させていただいた限り、お二人は欲でこちらにいらしたようには思えません。お二人は覚悟を決めてここへいらしたのでしょう。私も、機械の一部です。侯爵家が上手く回るように尽力するつもりです。ですから、最高の待遇を用意するつもりでおります。

どうか、侯爵家を継がないという選択だけはなさらないでください」

私は、また姉さんの手を取った。

歯車が回っている。

そこからは逃げることはできないし、別の道を見つけることもできない。そう言われた気がして。

ベルシーさんは、緊張した私達に穏やかな笑みを見せてくれたが、それは執事としての役目が作る表情なのだろう。

「これからお二人には、集まってらっしゃる遠縁の方々にお会いいただきます。ベロア伯爵が一番お近い方で、いとこ違い、つまり旦那様の伯母上が嫁がれた先のお孫様です。次がラーソン伯爵で旦那様のまたいとこのお嬢さんの嫁ぎ先の息子さん。ゴッディ子爵は旦那様の妹君の嫁ぎ先の息子さんの婿入り先のご子息。モリアード子爵は旦那様のいとこのお嬢さんの嫁ぎ先のご子息です。他にも何名かいらしてますが、口で説明してもよくおわかりにならないでしょう。ルエイ侯爵家の血が入っていることは確か、という程度の方々です」

確かに、今言われた四人だけでも、頭の中で家系図を組むのが大変だった。

そして言われた四人の中に、あの手紙を送ってきたラーソン伯爵の名前がある。

「旦那様のお言葉はいただきました。どうぞ、毅然《きぜん》とした態度でお臨みください。簡単なご挨拶だけで、すぐにお部屋へご案内いたします」

いよいよだわ。

侯爵家に対する忠誠心の強い使用人二人に、ここまで嫌われている遠縁の人達とご対面というわけね。

ここからは、私も気弱な姿を見せてはいけない。

足が震えるほど怖いけれど、姉さんはもっと怖いはずだもの。

私が怯むことだけはしてはいけない。

来た廊下を戻り、玄関ホールを抜け、窓の多い通路を進むと、扉のない開けた場所に出た。

窓の多いその場所を、何と呼ぶのだろう。

広間と呼ぶほど大きいけれど、そこには幾つものテーブルと椅子のセットがあちこちに置かれていて、何人もの人々がそこに座っていた。

食堂のように一つのテーブルを多くの椅子が囲んでいるのではない。まるで幾つもの居室の壁を取り払ったような空間だ。

そこに私達が入ってゆくと、気づいた者が声をかけ、全員が私達に視線を向けた。

老若男女取り混ぜて三十人ほどはいるだろうか。

全員が美しく装った、貴族とわかる人々だ。

「ベルシー、そちらのお嬢さんは？」

近くに座っていた恰幅《かっぷく》のよい男の人が尋ねる。

「タニアお嬢様と、侍女のアマリアさんです」

「タニア……。まさかその娘、いや、お嬢さんが大伯父様の？」

「はい。旦那様は、お嬢様をご自分の娘とお認めになりました」

ざわっ、と声にならない声が響く。

「信じられないわ。本当にお認めになったの？」

奥の席から老婦人が声を上げる。

傍らには、その息子らしい男性が立っていた。

「はい。私とドーン医師の前ではっきりとおっしゃいました」

「いや、お美しい」

一人の男性が、手を叩きながら立ち上がり、私達の方へ近づいてきた。

「初めまして、私はエドワード・ラーソンだ」

この人があの手紙の……。

精力的な印象が若く見せているが、年齢は私達よりも随分上のようだ。

茶色の巻き毛、緑の瞳、先ほどの老人とは似ていない。つまりルエイ侯爵家の血は薄いということだ。

彼は姉さんに挨拶をした後、私には目もくれず、一同を振り向いた。

「皆さん、祝福してくださいな。彼女は私の婚約者なのです」

彼の宣言に、また場がざわめく。

「何を言ってるんだ」

「今、初めましてと言ったじゃない」

「早速結婚を申し込んで、侯爵家に入り込む気か」

あちこちから罵声《ばせい》が飛び、何人かが立ち上がった。

だがラーソン伯爵は手で彼らを制すると、勝手なことを言い続けた。

「会うのは初めてだが、私と彼女は文通していたんだ。彼女は私と結婚するつもりでここに来たのだ。そうだろう？　タニア」

こちらを見た目は、ギラギラしていた。

射竦《いすく》めるような強い視線は、『わかっているな？』と言っていた。自分と結婚しなければ侯爵家は手に入らないぞ、という顔だ。

レオン様は、間に合わなかった。

この男には私達二人だけで立ち向かわなくては。

前に立つ姉さんの背中が大きく動く。

深呼吸したのだろう。

「文通などしていませんわ」

　はっきりとした声。

「私が家を出る前に、何だか結婚を申し込むような手紙を受け取りましたが、見たこともない人と結婚なんて考えられません」

「何だと？」

「私はお父様に認められた正統な侯爵家の娘。これから縁談など降るほど来るでしょう。一人一人を吟味して、一番よいものを選ぶに決まっているじゃありませんか。何が悲しくて他人の金に群がる亡者の中から伴侶《はんりょ》を選ばなければなりませんの？」

　ラーソン伯爵の顔が見る見る赤く染まる。

　見ている人達は、いい気味だとにやにやした笑いを浮かべた。

「笑ってらっしゃるけど、皆さんもよ。どこがどう繋がってるんだかよくわかりもしない不審者を家に置いておくなんてできません。何せ皆さんこの侯爵家が欲しくて集まってるんでしょう？　私、殺されてしまうかもしれないじゃありませんか。さっさと荷物を纏めて出ていっていただかないと。もちろん、親戚付き合いも考えていません」

　姉さんの言葉に全員が色めき立つ。

「何を言ってるの、この小娘が」

「何様のつもりだ」

「侯爵家の一員となるには、王の認証が必要なのよ。今の段階では、あなたなんかまだどこの馬の骨ともわからない者だわ」

「そうよ、第一あなたが本当の娘かどうかわからないわ」

「そうだとも、大叔父さんが認めたと言ったたって、病人が正しい判断ができるわけがない。証拠はあるのか」

一同の声に答えたのは、ベルシーさんだった。

「タニア様のお宅から、旦那様がエミリアさんに差し上げた家紋入りの指輪が見つかりました。指輪の真贋《しんがん》は旦那様がご確認なさいました」

けれど彼らはその答えにも満足しなかった。

「指輪が本物だからといって、娘が本物だとは限らないぞ」

「そうだ、そうだ。本当の娘から盗んで持っていた可能性だってある」

「その娘の母親は屋敷の使用人だったそうじゃないか。お前達使用人が共謀して、偽の娘を仕立て上げたんじゃないのか？」

怒濤《どとう》のような口撃。

それでも、姉さんは背を真っすぐに伸ばして、怯まず立ち続けていた。

「好きなだけおっしゃるといいわ。私、よく覚えておきますから。誰が、どんな言葉を私に投げ付けたか」

その言葉で一瞬怯んだが、完全に引くことはなかった。

むしろ彼らの怒りを買ったようで、すぐに反撃が始まる。

その先鋒《せんぽう》に立ったのは、外ならぬラーソン伯爵だった。

「お前は偽者だから、私のことを知らないのだろう。召し使いが産んだ、森で育った娘がそんな言葉遣いや所作ができるわけがない。お前は誰かが用意した身代わりだ。すぐに役人に突き出すべきだ」

この男は、母さんが男爵家の娘だったと知らないのかしら。

「お嬢様は偽者などではございません」

「たかが執事のお前の言葉を聞けるものか。ベルシー、お前が仕組んだのだろう。役人は私達貴族の言葉を信じるぞ、お前じゃなく、な」

「それならお父様の言葉が一番信用されるわね。侯爵様ですもの。あなた達の中に侯爵はいないのでしょう?」

「お父様などと呼ぶな、お前など……！」

「失礼いたします」

激昂《げきこう》したラーソン伯爵の言葉を遮って、バークリーさんが入ってきた。

「何だ、バークリー。今重要な話をしてるんだぞ！」

発言を中断されたラーソン伯爵が苛立ちを彼にぶつけたが、バークリーさんは動揺も見せずに続けた。

「失礼いたしました。ですが、お客様でございます」

「お客様？　どなただ」

ベルシーさんが尋ねると、バークリーさんは横に退いて後ろに控えていた人物を通した。

「初めまして、みなさん」

『客』と聞いた時、心のどこかでレオン様が来たのではないかと思った。私達のために調査をして、『よい方法』を見つけてくれたのではないかと。

現れた男性が黒髪だったので、一瞬胸が躍った。

だがその人はレオン様ではなかった。

「誰だ君は」

身なりのよい男性には、暴言を控えたラーソン伯爵が問いかける。

若いその男性は、にこにこと笑ったまま名乗った。

「私はビルフォードと申します。王の命《めい》で参りました」

王、という言葉を聞いて、その場にいた全員がどよめいた。

ベルシーさんも、バークリーさんも、もちろん私も姉さんも。

その中で、代表するように執事のベルシーさんが彼の前に出る。

「ようこそおいでくださいました、ビルフォード様。当家にいかようなご用件でしょうか?」

「この中に、ラーソン伯爵はいるか?」

名指しされ、鼻白みながらラーソン伯爵が彼を睨んだ。

「ラーソンは私だが、何だ」

ビルフォードさんは、浮かべていた笑みを消し、手にしていた巻紙を広げて読み上げた。

「『エドワード・ラーソン。虚偽をもって、女性を脅し、婚姻を迫ったことに対して詮議《せんぎ》のためアンソニー・ビルフォード伯爵に同行することを命じる』」

「はあ?　何を言ってるんだ」

「そちらの女性に、自分と結婚しなければ侯爵家には入れないと脅す手紙を書いたことは?」

「う……」

「貴族の叙爵並びに継承者の認定について、裁量権があるのは王族のみということは知っているな?」

「それは……」

ラーソン伯爵の目が泳ぐ。

「取《と》り敢《あ》えずお前には、脅迫罪、詐欺罪、王への不敬罪など色々な容疑がかけられている」

「そんな！　私はそのようなことは……！」

「申し開きがあるのなら、後でゆっくりと聞こう。安心しろ、反省すればたいした罪にはならないさ。おい、丁重にお連れしろ」

背後に声をかけると、数人の男達がラーソン伯爵に駆け寄り、うろたえるラーソン伯爵を連行していった。

ラーソン伯爵が連れ出されると、ビルフォード伯爵はあらためて一同に軽く会釈した。

顔には笑みが戻っている。

「ルエイ侯爵から陛下に、跡継ぎの申請があった。陛下としては他家の相続問題に対しては静観なさるおつもりだった。だが、先ほどの男の一件があり、陛下はお心を痛めていらっしゃる。ルエイ侯爵家は我が国にとっても重要な家。またそこにかかわるものも多い。陛下は亡くなられた侯爵のご子息とも親交があられたので看過できないとのご判断だ」

さっきまで騒いでいた遠縁の方々は黙って彼の話を聞いていた。

皆緊張しているのか、顔に表情がない。

その中で、ビルフォード伯爵だけが、朗々と、笑顔で話し続けた。

「まさかと思うが、ここにいる者の中で、他に『私の協力がなければ』などという、言葉を口にした者はいないだろうな？」

「そんな、とんでもない」

「ありませんわ」

今までの静寂を破り、口々に否定の言葉を口にする。

ビルフォード伯爵は、それを聞くとにこにこと頷いた。

「うん。それならばよろしい」

お役人……、なのよね？

役人って、もっと怖い人だと思っていたのに。

「執事はいるか？」

「私でございます」

「跡継ぎのお嬢さんと侯爵の面会は済んだのか？」

「はい、先ほど」

「侯爵の反応は？」

「お嬢様をお子様とお認めになりました」

「では問題はないな？」

「はい」

「お待ちください」

話が落ち着きそうだったところに、一人の男性が手を挙げた。

「ビルフォード伯爵、僭越《せんえつ》ながら申し上げたいことが」

「あなたは？」

「ルエイ侯爵の遠縁で、ベロアと申します」

「ベロア……伯爵でしたね」

「はい」

この人が、一番近い親戚の人ね。

「大叔父は病床に伏しております。体調は芳《かんば》しくないと、我々も面会を断られるほどです。その病人が朦朧《もうろう》とした意識で認めたことを信じることはできません。伯爵がおっしゃった通り、ルエイ侯爵家はそこらの貴族とは違います。もしもそちらのお嬢さんが本当に大叔父の娘であるというのなら、我々を納得させる証拠がなければ認めることはできないかと思います」

「証拠はないのか？」

「侯爵様がお嬢様の母親に渡した家紋入りの指輪が」

「それは盗むことも奪うこともできます。指輪が本物だからといって、そのお嬢さんが本物とは限りません」

「ふむ……」

ビルフォード伯爵は、顎に手を当て、考えるように天を仰いだ。

その様子に勢いづいたのか、他の人々もベロア伯爵の言葉に乗った。

「そうですとも、もっと詮議すべきです」

「もしも偽者だったら、陛下の名誉にも傷がつきますわ」

「わかった。皆さんの意見は聞きましょう」

一同の顔がパッと明るくなった、が、その明るさはすぐに消えた。

「執事、お嬢さんをお部屋に案内し、沙汰《さた》があるまでここにいる者の誰とも接触をさせないように。お嬢さんへの対応は侯爵令嬢に対するものとしていい」

「どうしてですか？」

ベロア伯爵が言うと、彼はまた笑顔で答えた。

「侯爵ご本人が娘と認めたのだから、使用人はお嬢さんを令嬢として扱うのが当然だ。だが偽者かもしれないという疑いがあるのなら、逃げたり企んだりできないように部屋に籠《こ》もっていただくのがいいだろう。また、彼女が偽者ならこれが誰かの企みかもしれないから、関係者との接触は禁止。もし本物なら、このように攻撃してくる者達から守るためにも接触は禁じた方がいい。どこかに間違いがあるか？」

理路整然とした答えに、誰も何も言えなかった。

「それでは執事、私はお嬢さんから話が聞きたい、別室へ案内してくれ。お嬢さんの部屋があるなら、そちらで構わない」

「かしこまりました、それではこちらへ。バークリー、皆様にお茶を」

ベルシーさんは満足げな笑みを浮かべて、私達を案内した。

勝負は、ビルフォード伯爵の勝ちだった。


ベルシーさんが私達姉妹とビルフォード伯爵を案内したのは玄関ホールまで戻り、侯爵が寝ていた部屋の方向だった。

どうやらこのお屋敷は、入って左側が侯爵家の私室、右側が来客用となっているようだ。

通されたのは、お庭に面した白いバラの意匠で飾られた部屋だった。

「こちらは、タニア様のために用意させていただいたお部屋でございます。ここは居室でございまして、あちらが浴室への扉、あちらが寝室への扉となっております。また書斎はこちらの扉でございます。後程ゆっくりとご説明いたしましょう。お持ちになったお荷物は、寝室に運ばせていただきました」

居室、と言われた部屋は、中央に楕円《だえん》のテーブルが置かれ、周囲には長椅子とハイバックの椅子が陣取っている。

飾り棚が置かれ、ドレッサーも見える。

もちろん、テーブルの上にはお茶が用意されていて、私達が座ると、控えていたメイドがお茶を淹《い》れてくれた。

ベルシーさんとメイドは脇《わき》に控えて立ち、長椅子に並んで座った私達の前にはビルフォード伯爵。

「改めて自己紹介させていただきましょう。私はアンソニー・ビルフォードと申します。どうぞアンソニーとお呼びください。それで、どちらがタニア様でしょうか？」

「私ですわ」

姉さんが名乗り出る。

「ではそちらが、アマリアさん」

「はい」

固まったままの私達の前で、彼はテーブルのお茶に手を伸ばした。

「お二人とも、本当にお美しい。お目にかかれて光栄至極です」

「ふざけないで、用件をおっしゃってください。ラーソン伯爵の手紙のことを知っていた、ということはダナン伯爵のお知り合いなのでしょう？」

怒ったような姉さんの言葉にも、彼の顔から笑みは消えない。

「そうです。レオナールに頼まれて、ここに来ました。まずは、タニア嬢を下劣な伯爵の手から守るために。ラーソンと結婚しなくても、あなたは侯爵家の娘と認められます。これは揺るぎのない事実です」

そこはきっぱりとした口調で断言する。

「それで、侯爵家を継ぐ継がないの話ですが、レオナールが陛下に上申し、陛下から猶予をいただきました」

「猶予……？」

「あなたが継がれるのでしたら、粛々とその手続きを進めましょう。ですが『もしも』あなたが侯爵家を継ぎたくないと考えていたり迷っている場合、侯爵がご存命の間、あなたに爵位を譲ることを猶予します」

「それは……、どういうことでしょう？　私達は貴族の仕組みについて詳しくないので、説明していただけますか？」

「いいでしょう。通常、我が国では先代が存命中に家督を譲ることが許されています。もし侯爵があなたに爵位を譲るとなれば、あなたはすぐに結婚しなくてはなりません。我が国では女侯爵の前例がありませんので」

「それでは……！」

何の解決にもなっていないわ、と言いかける姉さんを、彼は手で制した。

「そこで、侯爵存命中は家督を譲らないように、猶予期間を与えるわけです。その間にご自分のお好みのお相手を探されればよろしい。けれど結婚を望んでいない場合、特別にタニア嬢が未婚であっても養子を取ることを許可いたします。そうなれば、養子の男児に家督を譲ってあなたは隠居。どこで何をしようと構わない、ということです」

いい考えでしょう、という顔で彼は私達を見た。

「結婚をしないで、この家を去ることができるの……?」

「はい。お望みならば」

「アマリア!」

姉さんは私を見て、抱き付いた。

「姉さん。よかったわ」

私も、心から喜んで姉さんを抱き締めた。

「あなた方は侯爵家に興味がないのですか?」

「ありません。ただ跡取りがいなければ、困る人がいるというからここに来ただけです。私が養子を取ることになったら、その時にはあの遠縁の人々の中からではなく、この屋敷の皆さんの望む人を選びます」

「あなたの友人知人ではなく?」

「私の友人に侯爵が似合う人なんていませんし、私は貴族のことに詳しくないので、よくわかっている人に聞くべきです」

「そうですか。でもそのようにお返事なさるあなたが、私は侯爵に相応しいと思いますがね。もったいない。まあ、時間はたっぷりあります。のちほど陛下から医師の派遣がありますので、侯爵には長生きして、その時間を引き延ばしていただきましょう」

「そうね。私も一生懸命看護させていただくわ。うんと長生きしていただかなくちゃ」

姉さんは笑顔を見せた。

今回の話が出てから、初めての満面の笑みだった。

「さて、これで話は終わりではありません」

「……まだ何か？」

怪訝《けげん》そうな視線を向けられ、彼は手を振った。

「ああ、そんな顔をなさらないでください。これは別件です。アマリアさんの話です」

「え？　私？」

「はい。レオナールが話をしたいそうです」

レオン様が……。

「あなたには、私と一緒に来ていただきたいのです」

「お待ちください。それはどういうことでしょう」

今まで黙って聞いていたベルシーさんが一歩前へ出る。

主人と客の会話に執事が口を挟んだことに、アンソニー様は訝《いぶか》しむ目を向けた。

「そちらのお嬢さんは、タニア様の妹様としてご一緒に育った、言わば乳姉妹です。お役人様に連れていかれるような方ではございません」

「ああ、誤解されたんですね。彼女を引っ立てるわけではありません。この件で同道していた見届け人の者が、結果について本人から説明して欲しいというのです。ただ、タニア様は外部の人間とは接触禁止なので、アマリアさんにお願いするんです」

「然様でしたか。失礼いたしました」

「いえいえ。よかったですね、タニア様、アマリアさん。執事はあなた達を守ってくれる人のようですよ。それじゃ、アマリアさん。行きましょうか」

「姉さんを置いて、ですか？」

「この執事さんが一緒なら、大丈夫でしょう。タニア様、約束します。彼女は無事にレオナールの下に届け、必ずこちらへお戻しいたします」

「あなたを信用いたしますわ、アンソニー様。アマリア、行ってらっしゃい」

「でも……」

「ちゃんと話をするのよ。あなたが出した答えなら、どんなものでも私は歓迎するわ。他人のことを考えず、流されず、自分で答えを出してきなさい」

真っすぐに見つめられ、私は頷いた。

「……はい」

強い姉さんの言葉に、目の前のアンソニー様がポツリと呟いた。

「うーん、やはりあなたは侯爵令嬢に向いてると思うんですがね」

本当に惜しむように。


アンソニー様が用意した馬車は、今まで乗った馬車の中では、一番簡素だった。

伯爵であるレオン様かアンソニー様が用意したのだろうから、侯爵家のそれと比べてはいけないのだろうけれど。

アンソニー様は、私と一緒にその馬車に乗り込んだ。

「美しくて強いお姉様ですね」

「ええ、本当に」

「あなたは私をどう思います？」

「アンソニー様を……？」

口説かれたのかと思ったが、そうではないようだ。

「お兄さんみたい、とか思いません？」

「私、兄を持ったことがないものですからわかりませんが、明るくてよい方だとは思います」

「タニア様も美しいがあなたもとても美しいから、お兄様って呼ばれるのも悪くないですね」

「……はあ」

陽気な彼は目的地に到着するまで、ずっと話しかけてきた。

王都には風光明媚《めいび》なところがあるから、こんど二人を案内しましょうとか、流行りの芝居を観に行かないかとか。

お姉さんが恥をかかないためには、優秀な家庭教師を雇った方がいい、いずれ隠居するにしても色々覚えておいた方がいいだろう。

何だったら君も一緒に習うといい、どうせ侯爵家の金だからとか。

よい人なのだろうけれど、反応に困ってしまう。

なので、馬車が目的地に到着した時には心底ほっとした。

その安堵《あんど》も、馬車を降りた途端に消え去ったが。

「ここは……どちらでしょう？」

彼と会うというから、てっきりどこかのホテルに出向くのだと思っていた。

自然な感じに植えられた木々に囲まれた、瀟洒《しょうしゃ》な建物。どう見ても宿屋にもホテルにも見えない。

いずれも豪華さや華美を競っていたような、今までのホテルや侯爵家とは違う。凝った飾りや彫刻はないけれど、とても丁寧な造りのよい建物だ。

「ここは『アザミの館《やかた》』というんだよ。入ろうか」

御者を御者台に残したまま、アンソニー様は召し使いの案内もなく勝手に玄関の扉を開け、中に入った。

「庭にアザミがいっぱい植わってるから、そういう名前が付けられたらしい。いや、館の名前に合わせてアザミを植えたのかな？」

中をよく知っているのだろう、玄関ホールを抜け迷うことなく奥へ向かう。

ノックもせずに扉を開けると、そこにレオン様がいた。

応接室のような部屋で、難しい顔をして座り、扉が開くと同時にこちらを見た。ノックがなかったことは咎めないようだ。

「連れてきたよ、レオン」

横に退き、私を紹介するように彼に両手で示す。

レオン様は私と視線を合わせたが、声はかけてくれなかった。

「何だ、もう少し嬉しそうな顔をしろよ」

「先に報告をしろ」

「はいはい、あ、お嬢さん、どうぞ椅子に座って」

アンソニー様は私をレオン様の向かいの椅子に座らせ、自分はその隣に座った。

「やっぱりもめてたよ。ラーソン伯爵は連行した。まあ、少しお灸《きゅう》を据えたら解放してやろう。手紙だけじゃたいした罪には問えない」

「タニアはどうしてた?」

「美人だった。気の強いしっかりした娘だな。ちゃんとやりあってたみたいだぞ。それに、あの家の執事は二人の味方だ」

「そうじゃない、侯爵は彼女を認めたのかってことだ」

「ああ。執事が証言した。侯爵は自分の娘と認めたらしい。だが親族達はそれだけじゃ納得できないと噛み付いていたから、陛下から一筆貰った方がいいだろうな」

レオン様は、私達のことを気に掛けてくれていた。調べると言っていたことをちゃんと実行してくれていたのだ。

でも、この会話にはどこか違和感があった。

お役目をいただいた役人達の会話には聞こえないのだ。

まるで友人同士の雑談のような……。

「わかった。それは話をしてみよう。侯爵が認めてるなら問題はないだろう」

「それからお前が提案したアイデアも、彼女達に告げた。結婚しなくていい、侯爵家を継がなくていいと言われて、喜んで妹と抱き合ってたよ。あれだけの家が自分のものになるとわかっているのに、それを投げ捨てることに喜ぶ女性は見たことがないな」

「彼女達は森で暮らしていた方が幸せだと思ってるからだ。以前そう言っていた」

「ふうん。だが私は、彼女は侯爵に向いていると思う。よい結婚相手を見つけたら、きっと上手くやれるだろう。私が立候補してもいいくらいだ」

「侯爵位が欲しかったのか？」

　意外、という目で彼がアンソニー様を見る。

「いや、彼女が気に入ったということさ」

「……そこは個人の自由だ。何も言わないでおく」

　呆《あき》れた、というような顔。

「妹は私が責任を持つと約束してきた。彼女に嫌われないように約束は果たさせてくれ。君も、勝手に逃げたりしないようにね」

　アンソニー様は私に言った。

「逃げたりなんかしません。ちゃんと姉さんのところに戻ります」

「よろしい。で、私はいつ彼女を迎えに来ればいい？」

「明日の朝に」

「わかった。ああ、それから、親類連中、彼女の母親が持っていた、侯爵が母親に与えた指輪という物証だけじゃ認められないとか言ってゴネてたぞ。そこを黙らせる何かを考えておいた方がいいな」

「何があればいいと思う？」

「うーん、産婆の証言とか？　まあ、侯爵が元気になったら、有無を言わさず認めさせられるんだが。医師団の手腕にかかってるってことだな。それから、アマリア嬢なら、私の妹にしてやってもいいぞ」

「……ありがとう」

「どういたしまして。じゃ、私はラーソンを締め上げてくる」

「すまなかったな」

立ち上がったアンソニー様は、おどけた様子でレオン様に深い礼をした。

「とんでもないことでございます。私はいつでもあなた様のために働くことを喜びとしております。いついかなる時も、いかなることでも」

「やめろ」

彼が怒ると、笑顔を見せ頭を上げた。

「それじゃ、明日」

「ああ」

「失礼、お嬢さん」

顔を上げた時にはきりっとしていたのに、アンソニー様は私にウインクして出ていった。

……明るい方だわ。

残されたレオン様は、アンソニー様を飲み込んだ扉が閉まるのを待って、私の名を呼んだ。

「アマリア」

その声で名前を呼ばれただけで、心が震える。

「私にできることは全てしたつもりだ。これでお前の姉は望むものを手に入れることができるだろう。侯爵家なら侯爵家を、自由を望むならば自由を」

「ありがとうございます。……本当にありがとうございます」

「人にしてやったことに対して、対価を求めるようなことはしたくない。だからもう忘れてくれていい。だが……」

「『だが』？」

聞き返したのに、彼は答えなかった。

そのまま苦悶《くもん》するように目を閉じ、やがて思い切ったように立ち上がった。

「奥へ行こう」

「あ、はい」

彼に言われて、自分も立ち上がり、彼の導くまま部屋を出て奥へ向かう。

ここは、彼のお屋敷なのかしら？

でもさっきから召し使いが一人も姿を見せない。

こんなに綺麗に整えられた館なのだから、使用人も多くいるはずなのに。

もしかしたら、ここは本宅ではないのかもしれない。

裕福な貴族は別荘や季節ごとの館を持っていると聞いたことがある。だとしたら、レオン様の家はとても裕福なのだわ。

益々《ますます》、彼との距離を感じてしまう。

「入れ」

彼が開けたドアの中は、落ち着いた居室だった。

深い茶の木材と深い緑を多用した部屋。壁には難しそうな本が並ぶ棚がある。

雰囲気でわかる。これは個人の部屋だ。きっと彼の部屋なのだろう。

「座れ」

さっきの部屋と違って、小さなテーブルを挟んで座っても、距離が近い。

ああ、だから彼はこちらの部屋へ移ったのね。話し易いように。

「お前とは……、あの夜で終わりにするという話だった」

「はい……」

突然話題を振られ驚いたが、すぐに意図を理解した。

この方は、私に『きちんとした別れ』をくれるつもりなのだわ。二度と会わないと言ったのに、仕事で会ってしまって、なし崩しになってしまったから。

それは辛いけれど優しい心遣いだ。

「だが侯爵家の話を聞いて、心配になった」

「だから、ご尽力くださったのですね。ありがとうございます。どうぞ私のことはもう忘れてくださいませ。姉にも、あの夜のことは話していません。私も誰にも言うつもりはありません。ですから私達の間には『何もなかった』のですわ」

人が知らなければ、それは事実にはならない。

彼の家名にも傷はつかないだろう。

「私の立場では、多分お前の言う通りにした方がいいのだろう。結婚のできない相手と、ずるずると付き合うことはできない」

「……はい」

「そう思っていたが、私はお前を忘れられなかった」

「……レオン様？」

彼は苛立っているような顔をしていた。

「お前は愛人にはなりたくないのだろう。私もそうはさせたくない。愛妾《あいしょう》というものが、幸福な立場とは思えない。それがわかっていて、お前にそれを強《し》いることはできない。私のことは忘れて、いつか他の男ときちんと結婚した方が幸せだろう。……と考えていた」

「ありがとうございます」

「何故礼を言う」

「そこまで考えてくれていたことが嬉しいからです。お仕事先でたまたま出会っただけの娘に、心を砕いてくださった。あなたはとても優しい人です。そして私は確かに愛されたと思っています。だから悲しいことはないのです」

「お前は強いな。その強さを、どうか諦める方向にではなく、辛い立場を選ぶ方向に向けて欲しい」

「辛い立場……？」

「私の、愛人として私の手元に残って欲しい」

「レオン様……！」

それは驚きの言葉だった。

彼は、いつも誠実だった。

前にも、愛人となる話がちらりとは出たが、そこに踏み切ることはしなかった。

私を愛していると言っていながら。いいえ、愛していると言ってくれたから、人前に出られないような立場に私を置きたくないと思ったのだろう。

「お前が愛人になりたくないと言ったのは、姉のことがあったからだろう。だがその問題は片付いた。もうお前は自由だ。だから、他のことを何も考えず、お前の考えで答えをくれ」

「でも私のような者がいては、奥様が……」

「今も、これから先も妻はいない。お前が来てくれるなら、一生結婚をしなくてもいい」

「それではお家が……」

「お前が生んだ子供を、跡継ぎにする。それに異論を唱える者がいたなら、親族から子を引き取ってもいい。……そんなことを考えさせるほど、アマリア、お前を愛してしまった。山ほど辛い思いをさせるだろうが、私のものになれ」

彼の言う通り、私が彼の愛人になることを拒んだのは侯爵家の問題があるからだった。

この問題に、彼を巻き込みたくなかった。侯爵家のトラブルに伯爵が巻き込まれていいことはない。

それに、もしも姉さんが侯爵家の娘と認められなかったら。

もしも『真実』が明かされたら。

もしも、ラーソン伯爵と姉さんが結婚しなくてはならなくなってしまったら。

私は姉さんの側にいたかった。姉さんが買って出てくれた苦しみを彼女一人に背負わせたくなかった。

だから、彼の手は取れなかった。

もしもレオン様が結婚しようと言ってくれても、断っていただろう。

でも今は……。

姉さんは自由になれることがわかった。

ベルシーさんは『わかっていて』私達を認めてくれた。

「私は……、身勝手にもあなたを求めました。あなたの愛を受け取りながら、諦めて離れてしまったというのに、私の困難を知り、あなたは助けてくださった。その助力の対価ではなく、愛をもって私を求めてくださる。許されるなら……、私の方こそ巡礼者のようにあなたの前に膝を折って愛を乞《こ》いたい……」

「では……」

彼の顔が輝く。

喜んでくれることが嬉しい。でも……。

「ただもう少し、もう少しだけ……、待ってください」

「もう少し？」

私は彼の顔を曇らせなければならない。

「姉が、侯爵様に認められたら」

「それはもう片付いた話だろう」

「まだ、幾つかの問題があるのです。それが片付いたら……、私はあなたの側に行きたい」

「アマリア」

彼はテーブルを回り、私の隣へ座って手を取った。

「約束はまだできないのです。でもあなたが望んでくれるのなら、あなたの側にいたい。許されるなら、あなたを愛していたい」

それを望むのはまだ怖いけれど、もう求められて拒むことはできなかった。

離れないでいてくれた彼を求める気持ちは、私の中に強くある。

許されることなら……。

「その問題とは何だ」

「それは……、言えないのです」

「何故」

「あなたを巻き込みたくないから。私のせいであなたを不幸にしてしまったら、私はきっと後悔で死んでしまいます」

「どうしても、その秘密は言えないのか？」

「知らなければ、巻き込まずに済みますから。どうぞ訊かないでください」

彼は不満げな顔になって小さく唸《うな》った。

「私に、侯爵に抗《あらが》える力があっても、か？」

「もしそんなお力があるのでしたら、余計に」

前の時は、侯爵家の問題だった。

けれど今私が抱えている最後の問題は私自身のこと。それは罪と呼ばれるものになるかもしれない。

それに彼がかかわっていると思われたら大変なことになってしまう。

「わかった。だが、私を選ぶ気持ちに変わりはないな？」

「はい、それは。何があっても他の方の手は取りません。『許されるなら』、ずっとレオン様を愛し続けたい。死の瞬間まで」

何度も、私は『許されるなら』を繰り返した。許されるようにという願いを込めて。

「苦労するぞ？」

「構いません」

二度と会えないと泣いたことを思えば、どんなことでも耐えられる。

「その問題とやらが片付いたら、すぐに、だ」

「はい」

「では、お前が私のところに来ることは、もう少し待ってやる。だが、お前に触れることはもう我慢できない」

言うが早いか、彼は立ち上がって私を抱き上げた。

「今日は、私が愛を乞う番だな。報酬や対価は求めたくないが、我慢する褒美は貰う」

「あ、あの……」

そのまま、彼は部屋の奥にある扉を足で蹴《け》り開けた。

窓から差し込む陽光が白いベッドを照らす寝室。

彼はそのベッドの上へ私を下ろした。

「お前の望みに応えて抱いた。私の望みに応えて抱かれろ」

近づいた顔は、返事をする前に唇を重ねた。

「アマリアの金の髪は好きだ。これは不要だな」

と言って、髪を纏めていたリボンが解かれる。

抵抗はしなかった。

私もまた、彼に抱かれることを望んでいたから。

けれどそれは彼と同じ気持ちからではない。もしかしたら、これが最後になるかもしれないという危惧《きぐ》があったからだ。

問題は、全て片付いたわけではない。

最悪の事態になったら、この身がどうなるかわからない。彼と今度こそ本当に会えなくなってしまうかもしれない。

そう思うと、拒むことなど考えられなかった。

美しいドレスが、彼の手で脱がされる。

前の時には木綿の質素な下着だったが、今ドレスの下から現れるのは白いアンダードレス。

彼は黒い上着を着ていたが、それを脱ぎ捨て、下に着ていたシャツも脱ぎ捨ててベッドに上がった。

キスを繰り返して、私を抱き締める。

目が合うと、微笑んで髪を撫でられる。

愛しさが、胸から溢れてきた。

たとえこの先が明るいものではなかったとしても、今この瞬間の幸福は消えない。私は彼を愛している。

初めて助けられた時からやり直しても、絶対にこの人に惹かれるだろう。

強く、優しく、誠実なレオン様に。

手が、アンダードレスから出ている肩に触れる。

腕を滑り手のひらまでたどりつくと、指を組むように手を繋ぐ。

そのまま、またキスされる。

キスは頬から顎へと移動し、耳元へ。

耳にキスする音が大きく響いて、ゾクリとした。

組んでいた手で絡み合っていた指が離れ、薄い布の上から身体に触れてくる。

遠慮がちに脇から近づいた手が、胸元のボタンを外した。

大きく前が開くと、待っていたかのようにキスがそちらへ移動する。

「あ」

キスの合間に、乳房を掴んだ手がやわやわと膨らみを揉《も》む。

二つの違う感覚の愛撫に、身体が反応する。

「あぁ……」

熱が、上がる。

悦《よろこ》びを知っている身体が熱くなる。

指も、既に私を知っていて、前に味わったものと同じものを得ようと動いている。

愛撫を受けて、ある場所は溶けてゆき、ある場所は硬くなっていた。それも彼にはわかっているのだろう。柔らかな膨らみには優しく、硬くなったその先は弾くように触れてくる。

どこも感覚が鋭敏になり、小さな動き一つで私を身悶えさせた。

「あ……、んん……っ」

アンダードレスのスカートが、たくしあげられる。

擦り合わせた脚の間に、手が伸びる。

指が向かった場所は、もう濡れていた。

ぴったりと閉じた肉を開いて、その奥の蕾《つぼみ》に触れる。

「あ……っ！」

思わず大きな声を上げてしまい、恥ずかしさに顔が熱くなる。

「ここがいいか？」

「……はい」

恥ずかしさを堪えて正直に答えると、指が強くソコを押し回した。

「あ……っ！　強くしないで……っ、だめ……っ」

言葉を受け、動きが柔らかになったが、ソコからは離れなかった。

蜜《みつ》はどんどん溢れ、彼の指を濡らす。

濡れた指はようやくそこを離れたが蜜の溢れる場所に移動しただけだった。

見えないところの形を確かめるように、指は入り口の周囲を動き、襞《ひだ》の間をまさぐった。

「ひぁ……っ」

そして中に入ってくる。

異物が中で蠢く感覚に声も溢れる。

「あ……、や……。あぁ……、い……っ」

指がくねるたびにそこは柔らかくなってゆき、より自在に動いてゆく。

奥に差し込まれ、内壁を掻《か》き、引き抜かれ、蜜を周囲に塗り付ける。

最初は一本だった指が、二本になった。

「ん……っ」

きちっ、と肉が指を捉えても、動き続ける。

「顔を見せろ」

指をそこに残したまま、彼が顔を上げて私を見た。

「あの時には、暗かったし、目に焼き付けて心に残してはいけないと思ったから遠慮したが、今日は心ゆくまでお前を見たい」

「……恥ずかしいわ」

「恥ずかしがることはない。上気した頰、潤んだ瞳、紅《あか》く染まった唇、千々に広がる金の髪。どれをとっても美しい」

言葉の合間にキス。

「白い胸も、そこに散った花弁のような薄紅の乳首も」

そして先端にもキス。

「ん……っ」

「アマリアは美しいが、美しいだけではない。お前は欲がなく、控えめで、聡明《そうめい》だ。観察眼もある。私が別荘での貴族の噂について聞いた時、お前は的確に答えた。だが悪口は言わなかった。そういうところに惹かれたのだろうな」

「そんなことは……」

「いいや。私は多くの女性を見てきた。……こういう意味ではないぞ。その中で、アマリアが一番だ」

褒められて、どう答えていいかわからない。

でも嬉しかった。

「お前を愛している」

指が抜かれる。

「妻の座は与えられないが、愛情だけは持っているものを全てやろう」

彼が脚の間に移動する。

まだアンダードレスを身に纏ったままだったが、既に身体は殆ど露になっていた。たくしあげられたスカートの部分は腰にたまり、上も開かれて胸は晒《さら》されている。

彼は乱れた私の姿を見て、ゾクッとするような艶っぽい笑みを浮かべた。

あの時も、こんな顔をしていたのかしら。

暗いあの部屋で、絶望的な気持ちで捧げた夜。

あの夜に、こんな日が来るとは思わなかった。

「アマリア、脚を」

自ら脚を開いて彼を招く。

脚を抱えられ、彼が近づく。

「い……、あぁ……」

ゆっくりと、彼が来る。

どこまでも深く、私の中に沈んでゆく。

「中が熱い」

「レオ……あ……」

「お前の熱だ」

しっかりと咥《くわ》えさせられたかと思うと、一気に貫かれた。

「あ、あ、あ」

腕を取られ、引き寄せられる。

近づけば近づくだけ、彼が深く入ってくる。

内側を擦られる感覚。

快感に鳥肌が立ち、力が抜ける。

けれど彼を受け入れている場所だけは、強く締め付けてしまう。

力が入らないのじゃないのだわ。制御ができないのだわ。

自分の意思とは関係なく全身がバラバラに反応している。

私を操っているのは、彼の動きなのだ。

「ああ……」

揺らされて、陶酔するようにのけ反ってしまう。

声を漏らし続けた唇が乾いてくる。

舌で唇を濡らすと、内側で彼が大きくなった気がした。

「色っぽいことをするな」

恨みがましい声。

「もっと愉《たの》しみたいのに我慢がきかん」

「あ。だめ、奥……っ」

繰り返される激しい抽挿に目眩《めまい》がする。激しい波に揺られているようで、溺《おぼ》れないようにするため、全身に力をいれる。

筋が攣《つ》るかと思うほどに。

そして……。

「ああ……ッ！」

私を押さえ付けるようにして深く奥に残したまま、激しく動いていた彼が止まる。

最奥に触れた彼を感じて、全身を総毛立たせて快感が駆け抜けた。

「う……ッ」

追いかけるように、小さく唸った彼の声が聞こえ、内側を温かいものが浸食するように広がっていった。

私のものではないものが、彼が引き抜くのと同時に零れる。

中で……、放ったのだ。

子を生すことはできないと言って、前はそうしなかったのに。

信じていないわけではなかったが、彼が私を求める気持ちの真実を知った気がして、嬉しくて涙が零れた。

「何故泣く」

レオン様は私の隣にドサリと身体を投げ出して横たわった。

「……嬉しくて」

「嫌だったのかと思って焦ったぞ」

笑って私を抱き寄せる。

「そんなこと、あり得ませんわ」

「では続きをしていいか？　まだ足りない」

抱き寄せられ、口づけを受ける。

そしてまた耳にキスされ、首にキスをされる。

くすぐったい軽いキス。

「これももう取っていいな」

まだ力の入らない私の身体に残っていたアンダードレスに手を掛ける。

「あ、だめ」

抵抗しようとしたが、遅かった。

彼の手は、私の身体を引っ繰り返してアンダードレスの袖を外してしまった。

「もう恥ずかしがらなくても……」

露になった私の背中を見て、レオン様の言葉が止まった。

慌てて彼から離れ、剝《は》がされたアンダードレスを身に巻き付ける。

ああ、あの夜にも、これを見られないように部屋を暗くして、注意していたのに。

「その火炎の痣《あざ》は……」

彼の目に驚きの色。

彼は……、この痣の意味を知っているの？

何故そんな顔をするの？

「そうか……。そうだったのか」

知っていたとしても、それを口にしないで。

「レオン様」

けれど彼は、私がずっと隠していた秘密を、口にしてしまった。

知るはずのない真実。

「お前が、ルエイ侯爵の本当の娘だったのか」

一番最初についた私の嘘を……。


私の背中、肩甲骨の少し上辺りには、火炎のような形の痣があった。

自分では見えないし、姉さんは『形が綺麗だからいいじゃない』と言ってくれていたので、気にすることもなく育った。

けれど、母さんが亡くなる前、真実を明かしてくれた時、こう言われたのだ。

「アマリア。あなたは侯爵様のお子。もしお迎えが来たらこの指輪と、その背中の痣を見せるのよ。侯爵様のお背中にも同じ痣があったから、きっと認めていただけるわ」

母さんは、もしかしたらずっと侯爵様の迎えを待っていたのかもしれない。

けれど私は、侯爵家になど行きたくはなかった。

なので、人目に触れぬよう、静かに姉妹二人で暮らしていこうということになり、指輪は姉さんが預かってくれた。

ルエイ侯爵家には跡取りの孫息子がいる。

言い換えれば、孫息子しかいない。

私達は貴族のことに詳しくはないけれど、土地柄、貴族達の内情を耳にすることはあった。跡取りがいなければ大変なことになる、と。

ルエイ侯爵自身は老齢、孫息子はまだ結婚していない。もし孫息子に何かあったら、私は探されるかもしれない。

でも孫息子が結婚して子供が生まれれば、跡取りは二人になる。それなら探されることはないだろう。

この街は多くの貴族が出入りする別荘地、ましてや侯爵領。孫息子の結婚や出産は、いつかこの街で噂になり、耳に届くはずだ。

だからその日をじっと待っていたが、噂が届くよりも早く、侯爵家からの使いが来てしまった。

姉さんは、私が留守だったから、知らぬ存ぜぬを通すつもりだったが、押し入られ指輪を見つけられてしまったので、侯爵の娘は自分だと名乗ってしまった。

私は気が弱く、『嫌だ』と言えないだろう。けれど自分なら言える。侯爵家になんか行きたくない、と。

そして実際そう言った。

だが最初の使いの人は、まだ私達を主とは思っていなかったのだろう、強い言葉で責め、あなたが来なければ皆が困ると事情を説明した。

その後に届いたのが、あの手紙だ。

姉さんは益々私が本物だと言えなくなった。

私では、皆のことを考え、ラーソン伯爵と結婚して侯爵家に入ってしまうだろう。こんな手紙を送ってくるような男と結婚なんかさせられない、と。

そこで、自分が嫌な娘だと思われ、ラーソン伯爵の求婚も、侯爵家の申し出も断られるようにしよう。もしそれがダメでも、自分なら彼らに『嫌だ』と言える。

侯爵に会って、直接『嫌だ』と言える、と。

私は反対し、何度も話し合った。

ケンカもした。

けれど、確かに姉さんの言うとおりでもあった。

『お前が、ルエイ侯爵の本当の娘だったのか』とレオン様に真実を知られてしまい、私は全てを話した。

話さざるを得なかった。

「レオン様と出会った頃は自分が何も持たない者だから、伯爵様のお相手にはなれないと諦めていました。けれど姉さんが身代わりになってくれても、もしかしたら真実がバレて私がラーソン伯爵と結婚させられるかもしれない。そう思ったら、初めてを愛する人に捧げたかった。もし姉さんが侯爵家に入ってしまったら、私は一生側にいようと思っていました。でなければ自分が本物だと名乗り出ようと。だから、二度と会えないと思っていました」

「もう少し待って欲しいと言ったのは何故だ？　全てカタはついたのだろう？」

「いいえ。侯爵が『姉さん』を自分の娘と認めなければ、終わりにはなりません。だって、姉さんは娘ではないのですもの」

「もし、侯爵が娘はタニアではない、アマリアだと言ったら困る、ということか。しかしそれも解決済みだろう。タニアにやった猶予をそのまま使えば、お前は自由だ」

「いいえ。私は……、私達は、侯爵様を騙《だま》してしまいました。執事さんは私達の母を知っていたので、顔を見てどちらが本物かわかったようですが、侯爵家を手に入れようとして来たわけではない、姉さんが無理やり私から令嬢の立場を奪ったのではないと知って、黙認してくれたようですが、侯爵は……」

病室に入った時、侯爵の目は、私を見ていた。

私を見て、母親に似ていると言ったのだ。

「並んでいる私と姉さんを見て、娘と認めたのです。もし自分が認めていない方が娘とされたと知ったら、きっと怒るでしょう。そうなったら、私達は罪人として訴えられるかもしれません。そうなったら、あなたに迷惑をかけてしまう。あなたが仕組んだと疑われてしまうかもしれない。そんなこと……、耐えられません」

想像するだけで、涙が零れた。

「本当は……、どうしたらいいのかわからないのです」

「わからないとは？」

「レオン様のことを考えるのなら、ここで『嘘つき』と言われ、あなたに捨てられた方がいいのかもしれない。侯爵様を説得し、姉さんを娘とした後に侯爵様の納得する養子をお迎えくださいと言うのがいいことなのか。それは侯爵様を傷つけ、よりお身体を悪くされるだけなのじゃないか。姉さんに犠牲を強いても、あなたのもとに行きたいと考える私は何と身勝手な人間か。そんな人間があなたの愛人になってもいいのか。……わからないのです」

呆れられるかもしれない。

蔑《さげす》まれるかもしれない。

それでも全てを話して、彼に裁定を求めたい。そんなことを考えること自体、身勝手なことなのだろうけれど。

「もう、自分では答えを出せないのです……。今すぐに告白したら、侯爵様のお身体に支障があるかもしれない。私達に会っただけで咳き込んでお苦しそうだったのに。私が苦しさから告白したら、私のために全てを引き受けようとした姉さんを罪人にしてしまうのではないか。あなたのところへ行きたいと言ってしまったのは過ちだったのかもしれない。私自身が罪を犯しているのに愛を求めるなんて。でも……夢を見たかった。全てが上手くいったら、あなたの側に行けるという夢が……」

泣きながら綴《つづ》る私を、彼は抱き締めた。

「泣くな」

「……ごめんなさい」

「謝るな」

「もう私を捨てて……、忘れて……」

「そんなことはしない」

涙を拭うように、彼が両頬にキスしてから、深い口づけを贈る。

いつのまにか、私達はベッドの上に座って抱き合っていた。

「よく言ってくれた」

「レオン様……」

「全ては私の企みだと、陛下に上奏しよう。私がお前と結婚したいから、姉のタニアに身代わりをさせたと」

「それはだめ、あなたが罪人になるのは絶対にいけないわ」

「私に罪を被せて安心できる人間ではないところが、お前のよいところだな」

「レオン様、ふざけないでください。本当に……！」

「お前が本物の侯爵令嬢なら、私はお前と結婚ができる。正式に、結婚するんだ」

「私が跡取りになってしまうのよ？　あなたは伯爵家の跡取りなのでしょう？　侯爵家には入れない『立場』なのじゃなくて？」

私の必死の言葉に、彼はにやりと笑った。

「ああ、私は侯爵家には入れない」

「それなら罪人になろうとしないで……」

「なにせ私は、この国の王子だからな」

「……え？」


翌朝、約束通りアンソニー様が私を迎えに来た。

私とレオン様は昨日と同じ部屋で彼を待っていた。

私は昨日と同じドレスだったが、レオン様が髪を整え、青い礼服を身に付けているのを見て、彼は眉を顰《ひそ》めた。

「どういうつもりだ、その格好」

「王子としての礼装だ。おかしいことはないだろう」

「それでどこへ行くつもりなんだって訊いてるんだよ」

アンソニー様の言葉を無視して、レオン様は私に改めて彼を紹介した。

「アンソニー・ビルフォードは、私の友人で右腕だ。今はまだ補佐官だが、私が王になった時には宰相になるだろう」

「レオンハート殿下！」

「うるさいな。アンソニー、彼女は未来の王妃だ。相応な態度で接してくれ」

「はあ？」

アンソニー様が驚くのも無理はない。

彼にとって私は侯爵令嬢タニアと一緒に育っただけの、貴族でも何でもない娘でしかないのだから。

「陛下がそれを許してくれると思うのか？　それともまた言葉を弄《ろう》して何か解決策を見つけるつもりか？」

「そのつもりだ」

「侯爵家に偽者を送り込むことは許されるだろう。夫をそれなりの貴族にすれば、侯爵家の体面も保てる。だが王子の妻ということは未来の王妃だ。出自は皆の興味の対象になり、調べられるだろう。後になって暴かれたら、苦しむのは彼女だぞ」

「偽者だったらな」

「……どういうことだ？」

「座れ。またお前にも悪巧みに加わってもらう」

まだ立ったままだったアンソニー様が腰を下ろす。

昨日話を聞いていたけれど、未《いま》だにどこか信じきることができなかった彼の身分、彼がこの国の王子だということが、アンソニー様の態度でやっと事実と受け止めることができた。

彼の名前はレオナール・ダナンではない。ダナン伯爵は彼がお忍びで歩く時の偽名の一つ。

レオンも真の名前ではない。

彼の本当の名前はレオンハート・グレイ・フォンバルト。レオンは偽名であり、彼の愛称だったのだ。

私の話を聞いてすぐに見届け人として現れることができたのは、父親である国王陛下に申し出て役目を拝したから。

姉さんに対する色々な猶予も、直接陛下に申し出てのことだった。

国王陛下は、ルエイ侯爵の亡くなられた息子さんと友人だった。レオン様が私の背中の痣を見てその意味に気づいたのは、彼が父親から聞いていたからだった。

侯爵家の直系の者には代々火炎のような痣が出るそうだ、と。

そしてルエイ侯爵家は国にとって重要な家だった。

侯爵家の人々は、跡継ぎがいなければ王家が全て奪うのではないか、分割して領地を売り払うのではないかと心配していたが、当の王家はそれを望んでいなかった。

侯爵領を管理するために、それを望む者達の争いが起こることを恐れたのだ。

誰か一人に任せれば、他の者に不平不満が出る。

分割しても、有益な地域を巡って同じことが起こるだろう。

争いの中で、王家への不満が出ることは回避したいと考えて、陛下は彼の望みを叶えてくれた。

そして彼は三度、陛下に願い出る、と言ったのだ。

「それで？　その礼服の意味は？」

昨日、私はアンソニー様の隣に座っていた。

けれど今日はレオン様の隣。

「ルエイ侯爵に会いに行く。アマリアから聞いたが、侯爵は自分の代で侯爵家が途切れることを何より恐れている様子だったらしい。執事も、侯爵がそのことで悩んでいると見ているようだ。だから、侯爵家を残し、尚且《なおか》つ栄誉を手に入れる方法があると交渉する」

「偽者のお嬢さんを押し込んで、侯爵家の娘にしようってか？　それなら彼女を私の妹としてビルフォード家の養女にした方が簡単だろう。妾妃《しょうひ》として迎えるなら、侯爵家では却《かえ》って問題が出る」

なるほど、彼が私を『妹』と言っていたのは、そういう考えがあってのことだったのか。

「さっき言っただろう。彼女は妾妃ではなく王妃にする」

「それは無理だ。陛下は許さない」

「アマリアが真実侯爵家の娘であれば問題はない。母親も男爵家の娘だしな」

「それは、そうならお認めになるだろうが」

「彼女が、本物の侯爵の娘だ」

レオン様は、今までのことをアンソニー様に全て伝えた。

彼には全部話すと言われていたので、私は黙ってそれを聞いていた。

聞き終わったアンソニー様はとても驚いたが、すぐに笑い出した。

「何てことだ。あの堂々としたお嬢さんの方が偽者とは。すっかり騙された」

「彼女の芝居は妹への愛情と献身だ」

レオン様が注意する。

「わかっている。彼女が侯爵家に縛られることなく自由になれると聞いた時の喜び様を見ているからな。決して私利私欲ではないのだろう。つまり、侯爵家にねじ込むのはタニア嬢の方というわけだ」

「そうだ。アマリアの母は双子を生んだ。幸い、タニアもアマリアも出生時に産婆を頼んでいなかったそうだ、母親が互いに相手の出産を手伝ったらしい。近くに住む森番の老人夫婦は手伝ったかもしれないが、そこは上手くやれるだろう？」

「善良ならば娘達の幸福を、小狡《こずる》いなら金銭か脅しだな」

「ダロじいさん達は、とても善良です」

脅しという言葉に、思わず口を挟む。

彼は気分を害さず「では娘達の幸福のために協力をと言いましょう」と言ってくれた。

「レオンハート王子として、私はアマリアと共に侯爵家に行く。侯爵に会って、二人が自分の子供であると認めさせる」

「書類を作成させよう。レオンがサインを入れれば公文書になる。万が一公式の発表の前に亡くなってもそれがあれば文句は出まい」

「侯爵家の直系の者には代々背に特殊な形の痣が出る。アマリアにはそれがあった」

アンソニー様がからかうようににやりとした。

「自分の目で確かめたわけだ。それでわかったんだな?」

でもレオン様は答えず続けた。

「執事は彼女達の協力者だ、執事が『二人に痣があった』と証言してくれるだろう。親類の中の女性一人に、彼女の背を見せてもいい。すぐにタニアは侯爵令嬢、アマリアは私の婚約者となるから、もう一度確かめようとしても親類どもの爵位ではそれができないだろう」

「執事にはタニアのものは薄かった、と証言させた方がいい。そうすれば何かの弾みで見られた時に薄れて消えたことにできる」

「侯爵家は残す、ルエイ家は王妃を出した家という名誉も手に入る。これをもって侯爵との交渉に入るぞ」

アンソニー様は立ち上がり、その場で膝を折って礼をとった。

「殿下のお望みのままに」

おどけてではなく、家臣としての忠義を示す真摯《しんし》な態度として。

「お嬢様方、殿下方がおいでですよ」

庭のバラ園でお父様の寝室に飾る花を選んでいた私達の耳にベルシーさんの声が届く。

「こちらよ」

姉さんが声を上げて居場所を知らせる。

空は青く、よい陽気だった。

「『殿下方』と言ったわね。またあの人も一緒なのね」

あの人、とはビルフォード伯爵のことだ。

レオン様がいらっしゃる時は、大抵いつもご一緒している。時には、お一人で立ち寄られることもあった。

ルエイ侯爵への見舞い、と言いながら女性の好きそうな菓子や花を持って。

「だって、殿下の補佐官ですもの。いつもご一緒なのは当然だわ」

「いつも、というわけではありませんよ、アマリア様」

植え込みの間から当のアンソニー様が顔を出したので、私達は思わず「キャッ」と声を上げてしまった。

「女性を驚かすな」

彼の後ろからレオン様が姿を見せ、頭を叩く。

「私はいつも殿下と一緒にいなければならないわけではないので、タニア様、私と二人きりで散歩でもしませんか?」

「アマリアを殿下と二人きりにしてあげるために、仕方がないのでお付き合いしますわ」

アンソニー様が差し出した肘《ひじ》に、姉さんが手をかけ、バラ園の奥に消えてゆく。

気の強い姉さんと、陽気なアンソニー様は、なかなかお似合いだと思う。

そう思っているのは私だけではないようだ。

「あれで結構本気でタニア嬢を気に入ってるようだ。侯爵家に婿入りするかもな」

「でもビルフォード伯爵家はどうなりますの?」

「アンソニーの実家は侯爵家だ。彼は三男で爵位は継げないが、私の側近となったことで侯爵家の持っていたビルフォード伯爵の名を継いだのだ。だから婿入りはできるが、タニアがそれを望むかどうかは別だな。どうだ? 彼女にその気はありそうか?」

「どうかしら。アンソニー様はあまり貴族らしくなくて気に入っているみたいですが、どこまで本気か冗談かがわからないと言っていました」

「では本気ならもう少し真面目に接しろと助言しておこう」

背の高い彼が、私の髪にキスする。

「未来の王妃になるための勉強はどうだ?」

「大変ですが、姉さんと一緒ですから」

「そこは私のために、と言って欲しかったな」

あの日、私と共に侯爵家を訪れた『レオンハート殿下』は、まだ残っていた親族達に、不心得者が出たことで王家が直々《じきじき》にこの件の詮議にかかわることにした、と宣言した。

親族達は貴族なので、殿下の顔を知っていた。

だから彼は最初にアンソニー様を代わりに送ってきたのだろう。

後は話し合っていた通りだ。

侯爵……、お父様は殿下の言葉に従って、私達を双子の姉妹として迎えた。

姉さんはとても心優しい人だったので、妄執に囚《とら》われたお父様を哀れみ、今はお嬢様というよりお父様の看護人のようになっている。

その甲斐あってかお父様の容態はとても安定している。

「今度、父上が直接お前に会いたいそうだ。母上も心待ちにしている」

「でも私達はまだ社交界にデビューはしてませんわ」

「内密でもいいから、ちゃんと顔を見たいらしい。ふらふらと市井を歩き回っていた不良王子に自覚と落ち着きを与えた女性に感謝を送りたいそうだ」

「恐れ多いですわ。脚が震えてしまいそう」

「嫌か？」

「いいえ。とても楽しみです。けれどそれと恐縮するのは別の話ですわ」

風が吹いて、バラの香りが強くなる。

乱れて流れた髪を、彼の指が捕らえて直す。

目が合って、彼が私を抱き寄せた。

「ここのバラも美しいが、来年のバラは城で見るといい」

確かな未来を口にした唇が、優しく重なる。

「私の隣でな」

幸せになりたいとは願わなかった。

穏やかな日々を過ごしたいとしか思わなかった。

特別な幸福は眩《まぶ》しすぎて、自分には手の届かないものだと思っていた。

けれどもう一度彼の唇が私を求めた時、私は自分の中に強くある望みに気づいた。

「その日がとても楽しみです」

この人の側で幸せになりたいという、強い願いに……。

# 勇者にも恋を

生まれた時から、私の隣には妹がいた。私よりも小さく、私よりも弱いアマリア。

母さんは私に言った。

「タニアはお姉さんだから、アマリアを守ってね。あなただけが頼りなのだから」

何げない言葉だったのだろう。

母さんが仕事でいなくなったら、森の中で三人きりで暮らす私達は他に頼る人もいない。だからほんの少しでも年上の者に、小さい者には気を付けてやって、という程度の。

けれど幼い私にとって、それは魔法の呪文《じゅもん》。

私は頼りにされている。

私がアマリアを守れば、『姉』という特別な存在になれる、という。

実際『お姉さんなんだから』という言葉で、私はいろんなことを優先されたり、任されたりした。

そのたび、小さな自尊心が育っていった。

私がしっかりしなくちゃ、私は『姉さん』なんだから、と。

「ねーた」

アマリアは、口が遅くて、私を姉さんと言えずにそう呼んでいた時期があった。

「待って、ねーた」

小さな、よたよたとした天使。

その弱々しさが、より彼女を守る私は女勇者だという気分にさせた。

もっとも、それは長くは続かなかった。

すぐにアマリアの口は回るようになり、森を散策している間に身体《からだ》も丈夫になって、時には私が助けられるくらいになった。

「姉さん」

もうたどたどしく呼ばれることはなくなったけれど、私にとってアマリアは守るべき妹。

母さんと私とアマリア。

三人で互いに支え合い、助け合って静かに暮らしてゆくはずだった。

けれど運命は突然変わる。

まず母さんが亡くなった。

その時に、母さんの娘はアマリア一人、アマリアの父は侯爵様。私の母はエマという名で、父親も別の人。

この家で、私だけが血の繋《つな》がらない者だったという事実が知らされた。

でも、私とアマリアは、今までと変わらぬ生活を続けることにした。

今まで何も起こらなかったのだもの、ひっそりと暮らしていれば何事もないまま過ぎていくわ、と。

でも突然侯爵家の使いという者が来て、私達の家の中を探し、秘密を暴いた。

アマリアは不在だった。

「エミリアの娘はどこだ？　侯爵様の血を引いていらっしゃる娘だ」

私にそう迫ったのは、まだ若い男だった。

今思うと、大きな仕事を任され、舞い上がっていたのだろう。後に会った年齢のいった使用人達は皆優しい態度だったが、彼は高飛車だった。

こんな男をアマリアに会わせるわけにはいかない。

もしアマリアに会わせたら、今すぐあの娘《こ》の手を摑《つか》んで連れていってしまうだろう。

だから私が身代わりとなった。

「私を連れていくつもりなら、きちんと支度を整えてからいらっしゃい。私をお嬢様として迎えにきたというなら、私はあなた達の主人よ。今の態度によっては、お屋敷《やしき》へ行った時にあなた達をクビにすることだってできるのですからね」

その言葉を聞いて、男の態度は少し改まった。

そこへ、アマリアが帰ってきた。

でも私は彼女に奥へ行くように言って、男に続けた。

「私を迎えに来るつもりなら、ちゃんとした馬車で、もっとちゃんとした使用人を迎えによこしなさい。ここからそちらへ向かうためのドレスも用意するのよ。もちろん、日数分のね。ああ、同居している者も連れていくから、彼女の分もよ」

思いつく限りの要求を口にして、彼らを追い出した。

その夜、私とアマリアは初めて大きなケンカをした。

「どうしてそんなこと言ったの？　姉さんが連れていかれちゃうわ」

「仕方ないでしょう。あなただったら、そのまま連れていかれちゃったわよ？」

「だからって姉さんが連れていかれていいわけじゃないのよ」

「相手は侯爵様よ。逃げられないなら対処を考えるしかないでしょう」

そしてあの手紙だ。

手紙を読んだ時、アマリアは絶望的な顔をした。

その時、私はこの娘には結婚をしたくない理由があるのではないか、好きな人がいるのではないか、と思った。

最近、街で親しくしている貴族の男性がいると聞いていた。

貴族が相手では結ばれる可能性が低いことはわかっていても、心は止められない。

恋人ではなくても、アマリアはその人を好きなのかもしれない。

だとしたら、余計にアマリアを侯爵令嬢にして、この手紙の男と結婚させることはできない。

アマリアを守らなくては。

大きくなって、同じ立場で助け合って対等だと思うようになっていたから、もう随分《ずいぶん》と忘れていた気持ちが頭をもたげる。

アマリアを守れるのは、私だけ。私は『姉さん』で『勇者』なのだ。

私には、好きな人はいなかった。

私なら、嫌なことは嫌だとはっきり言える。

「このまま、私が侯爵令嬢だということにするわ」

アマリアはまだ反対していた。

でもどんなに話し合っても、これといった考えは出なくて、選べる道は一つしかないと納得せざるを得なかった。

旅立つ前に、夜遅くまで出掛けた時、きっと彼女は好きだった人とお別れをしてきたのだろうと思った。

戻っても私とは顔を合わさず、部屋に籠《こ》もったのは泣いているからだろうと思った。

可哀想《かわいそう》に。

守ってあげなきゃ。守ってあげるために、私は強くならなくちゃ。

ずっと、ずっと、そう思っていた。

「お嬢様方、殿下がお見えでございます」

執事のベルシーがこの国の王子であるレオンハート様を案内してくる。

「邪魔をしたかな」

現れたのは、黒髪の凜々《りり》しい殿方。この方が、アマリアが恋い焦がれていた人。

身分を隠してアマリアとお付き合いをし、一度は別れたそうだけれど、私達の窮地に手を差し伸べ、正式にアマリアを迎えにきてくれた。

私達を社交界にデビューさせ、アマリアとの婚約も発表した。

「いらっしゃいませ、殿下」

私達は座っていた椅子《いす》から立ち上がり、殿下に会釈した。

「そのままでいい。……が、随分な状態だな」

彼は部屋一杯に広げられている色とりどりの布を見て、驚きの顔を見せた。

「ドレスの生地選びですわ。婚約が発表されてからパーティへの招待が多くてドレスが足りなくなりそうですの。ベルシー、別室へ殿下をご案内して。アマリアも一緒に行きなさい」

「かしこまりました。殿下、お嬢様どうぞ」

「姉さんは一緒に来ないの？」

「邪魔になるのがわかっていて、行ったりしないわ。私はお父様の様子をみてきます」

「邪魔だなんて」

「タニアの気遣いだ、ありがたく受け取ろう」

殿下が、立ち上がったアマリアの肩を抱く。

「アマリアをお願いしますわ、勇者様」

「ん？　ああ」

意味がわからないという顔をしたけれど、彼らは執事に案内されて別室へ移っていった。

私も、彼らを見送ってから部屋を出る。

アマリアを守る勇者は、もう私ではない。殿下がこれからは彼女を守ってくれるだろう。

お役御免になった私の今の役割は、ただの侯爵令嬢。

侯爵令嬢が『ただの』というのはおかしいわね。でも特に役割のない娘であることに違いはない。今一番の役割は、看護人だろう。

「失礼いたします、タニアです」

ノックをしてから入るのは、ルエイ侯爵、私の『父』のお部屋。

「こんにちは、ドーン先生」

傍らに付き添う医師に挨拶《あいさつ》し、お父様の枕元《まくらもと》にある椅子に座る。

「お加減はいかがですか？」

「ああ、悪くはないな」

痩《や》せた老人は身体を起こすことなく、答えた。

今は落ち着いているけれど、『あの時』は大変だったわ。

殿下がいらして、私とアマリアの両方が侯爵の娘であると認めろ、と言い出した時だ。

私はまだ事態を把握していなかったので、彼が殿下であることも、アマリアまで養女にしろと言い出したことにも驚いた。

だが侯爵の驚きはその上だったかもしれない。

アマリアが侯爵の本当の娘だが、殿下が彼女に求婚し、連れてゆく。

侯爵家はタニアに継がせるが、お前が生きている間に他の者も見つけるのもいい。もしその前にお前が命を落としたら、使用人達の総意で後継者を決めるそうだ。

納得できないのならば長生きをしろ。

王室からも医師を派遣してやるから、せめて本当の娘の結婚式までぐらい生き延びろ。

侯爵が殿下の言葉に納得したのかどうかはわからない。

けれど貴族である侯爵にとって、王子殿下の言葉は絶対だったのだろう。

お陰で私は侯爵令嬢で、アマリアは王子の婚約者だ。

「先日お嬢様が教えてくださった気管支によいという薬草が効いているようです。民間療法も侮れませんな」

「あれはブリザ伯爵も服用なさっていた薬ですわ。咳《せき》を止めてくれるからと長く使ってらっしゃいました。だからお父様にも効くかも、と」

私が住んでいた森の近くには、貴族達の保養地があった。貴族達が休養に訪れる場所で、中には病気療養に来る人もいた。

そういう人達向けの病院もあった。病院や医師とは直接関係はないけれど、彼らの下請けの下請けぐらいで、『この薬草は手に入らないか』と頼まれることがあった。

私は森で採ったキノコや果実を売っていたが、薬草はキノコや果実より高く売れるので積極的に知識を得た。お陰で少し詳しくなれたのだ。

「失礼いたします、旦那《だんな》様。お客様でございます」

執事の声と共に現れたのは……、アンソニー様だった。

「お加減いかがですか、侯爵」

「また君か」

お父様は、呆《あき》れたという顔をした。

「いやだな、そんな顔なさらないでくださいよ」

「君はもうビルフォード伯爵位を継いだのだろう。もう少し落ち着いたらどうだね」

「性格は簡単には変わりませんよ。でも我が家は多産系で私は三番目、いや姉を入れると四番目か。なのに伯爵位を得られたのはラッキーでした」

「ブロドル家は羨《うらや》ましい限りだ」

アンソニー様はビルフォード伯爵だとばかり思っていたが、実はブロドル侯爵家の三男だそうだ。

跡継ぎがいなくなった家は取り潰《つぶ》されるとばかり思っていた。継続するには養子を取るしかない、と。

けれど伯爵までならば、血縁者が複数の爵位を兼任することができるらしい。

そして後でそれを自分の子供に分けて与えることも。

もっとも、侯爵や公爵などはその限りではない。あくまで上位の爵位の人が下位の爵位を、ということらしい。

しかも、もっと面倒な規則もあるらしいが、私には関係のないことだ。

「私も子供は沢山作りますよ、絶対に。そこらを子供達が走り回るような家とかいいじゃないですか」

「子供はちゃんと躾《しつ》けるべきだろう」

「大人になったら教育しますよ。でも小さいうちは元気な方がいいでしょう?」

なのでアンソニー様は、伯爵でありながら侯爵のお父様とは顔見知りで、対等に会話をしているのだ。

「タニア様もそう思いませんか？」

同意を求められ、私はにっこり笑った。

「ですわね。でもお父様を慕ってくる孫は、きっときちんと教育を受けていて、周囲に群がって騒がしくすることはないでしょう。アマリアの子供なら、教育係が付くはずですから」

「孫か……」

お父様はそれを想像しているような顔をした。

「お元気になられたら、手を引いてお庭を歩くことができるかもしれませんわね」

ダメ押しのように一言付け加える。

孫が見たかったら、元気にならねば、と思わせるために。

「それで、お嬢さんをお借りしてよいですか？」

「かまわん。私の見舞いなどではなく、それが目的だろう。タニア、お相手しなさい」

「はい」

お父様に命じられて、私は立ち上がった。

何も知らないドーン医師が、お父様に「お似合いですなぁ」とささやくのを聞きながら。

「今、応接室は使っているので、お庭でよろしい？」

「いいですよ。あなたは自然の中にいる方が生き生きしてる。ガゼボに行きましょう」

もうこの屋敷に何度も通っているから、彼はどこに何があるのかもわかっている。

「あ、庭に出るから、お嬢さんにショールと、後で温かいものを届けてくれ」

私を差し置いて通りすがりのメイドにそう命じたりもする。

近くの部屋から庭へ出て、ガゼボに向かう。

夏の日差しも弱まり、秋の風が吹き抜ける。庭を選ばない方がよかったかしら。

中に入って備え付けの椅子に座っても、少し肌寒い。

「お芝居、ありがとうございます」

まずは、礼《ひと》を述べた。

「芝居とは酷いな」

アンソニー様は、顔立ちのはっきりした美男子。こんなにいつもヘラヘラと笑っていなければ、きっともっとモテるだろう。

でも私にもわかってきた。それは彼のお芝居だと。

「殿下がいらしてるのに、同行していないわけがありませんわ。アンソニー様もご一緒だったのでしょう？　なのにわざわざ私がお父様のお部屋にいる時に、今訪ねてきたふりをしたのではなくて？」

「とんでもない。ちょっと馬を預けるのに手間取っていただけですよ。殿下が私を待てなかっただけです」

彼のお芝居を見破るのは好き。

まるで謎掛《なぞか》けの遊びをしているみたいで。

「お父様の前で、まるで私に気があるような素振りを見せて、私の存在意義を印象づけてらっしゃる。でもお父様ももう大分よくなられたので、そのお芝居は無用よ」

「ですから、芝居はしてませんって」

「あなたは真実を知ってらっしゃる。私が貴族ではないことも、この家を継がないことも。だから私の扱いが悪くならないように、気を遣ってくださってるのでしょう。でももうアマリアと殿下の婚約は発表されました。このお芝居は終わりでもよろしいのでは？」

「だから、芝居じゃないですって。でも今のあなたの疑いの中に『そこまでして侯爵の地位が欲しいんですか？』という言葉がなかったのは感激だな」

「あなたほど優秀な方なら、ご自分でいつか叙爵なさるんじゃなくて？」

「それもまた嬉《うれ》しいお言葉だ」

ここで私のショールとお茶が運ばれてきた。

ソツなく、メイドからショールを受け取り私の肩に掛けてくれる。

これでメイドも誤解するだろう。

「パーティでモテてるようですね？」

「ええ。ですからアマリアは暫《しばら》くお父様の看護に勤《いそ》しむことにしようかと」

「あなたが、ですよ。妬《や》いてしまう」

「まあ、お戯《たわむ》れを」

にこやかに会話を交わしたけれど、メイド達が離れてゆくと、私の方は笑顔を消した。

「……わざとらしいわ」

「何がです？」

「メイドに聞かせるための会話や所作が、です。お芝居が終わった後の始末が大変なのは、わかってます？」

「後始末か……。確かにレオンの言う通り、時には真面目にした方がいいのかな」

そう言うと、アンソニー様はずっと浮かべていた笑みを消した。

「私は計算はしますが、芝居はしていません。あなたの言う通り、今日はレオンと一緒に来ましたが、彼を先に行かせました。そうすればあなたは気を利かせて彼らを二人きりにして侯爵のところへ行く。わざわざ侯爵の見舞いに行けば彼と話をしなければならないので、あなたを迎えに行った形にすれば、滞在時間が短く済み、私があなたに惹《ひ》かれているとアピールができる。未来の宰相である私が懸想していると思えば、侯爵はあなたを追い出すことは考えないでしょう」

ほら、やっぱり。

優しくされて、舞い上がったら大変なことになるところだったわ。

「だが、それは計算です。芝居ではない。私は本当にあなたが気に入っているんですよ、タニア様」

真顔で言われると信じてしまいそうになる。ドキドキしてはだめよ。

「その言葉を信じる理由がありませんわ」

「理由は簡単。あなたが私にとって理想的な女性だからです」

「まあ、どんな?」

ばかにした口調で言ったのに、彼の顔にはまだいつもの笑みが浮かばない。

「レオンは自分一人で何もかも決める真面目な性格です。王は揺るぎない性格でなければいけないので、これは正しい。だから王妃は王に従い、慎《つつ》ましやかで逆境にあっても王だけを信じて付いていける女性、アマリア様がぴったりです」

「そうね」

「だが私は違う。あらゆることに疑いを持ち、引っかけて別の答えがあるかどうかを確認し、臨機応変に王に助言をしなければならない。そんな私が求めるのは、強く、頭のいい女性です。王には私が助言する。だが私に助言をするものはいない。あなたのように、恐れず自分の考えを口にしてくれる人が欲しい」

彼は真っすぐに私を見つめていた。ひしひしと、真剣さが伝わってくる。

この言葉を信じていいのかしら、と思い始めてしまう。

「初めて出会った時、居並ぶ貴族達を前に啖呵《たんか》を切り、正しい道を選び、名誉や金銭に惑わされず、侯爵家を捨てられると喜んだあなたに心惹かれたのです。何て潔く強い女性だろう、と。もうこの裕福な生活も長いだろうに、未《いま》だに最初の頃と変わらない。かと言って貧乏臭いわけでもない。私の企《たくら》みに気づくほど頭がいい。何より、美しい」

「……気に入っていただけて、ありがとうございます」

「私としては、あなたがここを出たいと願うなら、その手伝いをして、自由になった後に私の妻になってもらってもいいと思ってるんですよ」

「何者でもなくなっても？」

「幸い、私はまだ伯爵です。王や侯爵より自由に花嫁を選べます」

彼は席を立ち、私の前に跪《ひざまず》いて手を取った。

「タニア・マーレ。私はあなたに求婚します」

彼は、『私の名前』でそう言った。

今の私は『タニア・ルエイ』だけれど、本当は『タニア・マーレ』。つまり、彼は爵位ではなく、私個人を求めているのだ、と言ってくれたのだ。

「ああ、あなたが侯爵のためにここに残りたいと言うなら、婿入りも想定内です」

「本気……、ですの？」

「本気です」

「私は貴族ではないし……」

「さっき言ったように、障害にはなりません。私は爵位や血筋に興味はないし、名前だけならあなたは侯爵令嬢だ」

「貴族の娘としては知らないことばかりよ」

「知りたいことがあるなら学べばいい。だが今も優秀だと家庭教師が言っていました」

「あなたこそモテるのではなくて？　私より素敵なお嬢さんはいっぱいいるはずだわ」

「地位に目の眩《くら》む女性は苦手です。あなたがいい」

「でも……」

アンソニー様は狡《ずる》い。

私の悩みに全《すべ》て先回りして答えをくれるから、もう逃げ道がない。

「問題は、あなたが私を好きになれるかどうか、ですよ？」

好き……。

確かに、アンソニー様はとてもいい方だわ。

見た目もよろしいし、頭がよくて、殿下やアマリアや私に、よい道を探してくださる。

彼を好きか嫌いか、と訊《き》かれたら、嫌いではないわ。

彼との、駆け引きのような軽妙な会話はとても楽しい。

むしろ、未来の宰相様だから、芝居に流されてバカな夢を見ないように注意しなければと戒めなければならないほど……、好きよ。

「悩んでくれる程度には、私を好きなんだ。いや、『侯爵の娘』の地位は簡単に捨てられたのに、『私』は捨てられない？」

こちらを見透かしたように彼が言った。

その通りだ。

彼の手を取るのも怖いけれど、ここできっぱり断って、二度と彼が私に声をかけてくれなくなるのも怖い。

「私の妻になりなさい、タニア」

静かな声で語りかける。

「宰相の妻ではなく、私の妻に」

その声が心に響く。

そして、私の望みを知っているかのような言葉で、最後の一歩を詰めてきた。

「一緒に、未来の国王夫妻のために、戦いましょう」

本当に狡い人。

私が、アマリアを守るためだけにここに来たことを知って、そんなことを言うんだから。

そう言われたら、こう答えるしかないじゃない。

「……もちろんよ」

彼が笑う。

いつものお軽い笑いじゃなく、優しくにっこりと。

「力強い相棒だ」

立ち上がって、屈《かが》むように顔を寄せ、そっとキスをする。

私が逃げないとわかると、もう一度、今度は隣に座って私を抱き寄せてキスをした。

「走り回ってうるさいほどの援軍も作りましょう。愛してますよ」

と、私の勇者が……。

# あとがき

皆様初めまして、もしくはお久し振りです。火崎勇《ひざきゆう》です。

この度は『炎の侯爵令嬢』をお手に取っていただき、ありがとうございます。

幸村《ゆきむら》佳苗《かなえ》様、素敵《すてき》なイラストありがとうございます。担当様、色々ありがとうございました。これからですが、主人公二人はこのまま安泰でしょうが、タニアとアンソニーはドタバタありそう。定番国王夫妻と一癖ある宰相夫妻という感じ？　因《ちな》みに、侯爵はタニアを気に入ったので、可愛《かわい》がってくれるでしょう。

それでは短いですがこれにて。皆様またいつかお会いしましょう。


『炎の侯爵令嬢』、いかがでしたか？

火崎《ひざき》勇《ゆう》先生、イラストの幸村《ゆきむら》佳苗《かなえ》先生への、みなさまのお便りをお待ちしております。

火崎　勇先生のファンレターのあて先
〒112-8001　東京都文京区音羽2-12-21　講談社　文芸第三出版部「火崎　勇先生」係
幸村佳苗先生のファンレターのあて先
〒112-8001　東京都文京区音羽2-12-21　講談社　文芸第三出版部「幸村佳苗先生」係

N.D.C.913　255p　15cm

火崎 勇（ひざき・ゆう）
東京出身、1月5日生まれ。B型。
肩身の狭い喫煙者……。

講談社X文庫

white heart

炎《ほのお》の侯爵令嬢《こうしゃくれいじょう》

火崎《ひざき》 勇《ゆう》

●

2020年8月3日　第1刷発行

定価はカバーに表示してあります。

発行者――渡瀬昌彦
発行所――株式会社 講談社
東京都文京区音羽2-12-21 〒112-8001
電話 編集 03-5395-3507
販売 03-5395-5817
業務 03-5395-3615
本文印刷－豊国印刷株式会社
製本―――株式会社国宝社
カバー印刷－豊国印刷株式会社
本文データ制作－講談社デジタル製作
デザイン－山口　馨


ISBN978-4-06-520305-7